I0641424

OBSESIÓN OPULENTA

UN ROMANCE OSCURO DE UNA SOCIEDAD
SECRETA

ALTA HENSLEY

STASIA BLACK

Copyright © 2020 por Alta Hensley y Stasia Black

ISBN 13: 978-1-953504-22-7

Todos los derechos reservados. Queda prohibida la reproducción,
distribución y/o transmisión total o parcial de la presente publicación por
cualquier medio, electrónico o mecánico, inclusive fotocopia y grabación,
sin la autorización por escrito del editor, salvo en caso de breves citas
incorporadas en reseñas y algunos otros usos no comerciales permitidos
por la ley de derechos de autor.

Esta es una obra de ficción. Las similitudes con personas, lugares o eventos
reales son puramente coincidencia.

Traducido por Mariangel Torres.

BOLETÍN DIGITAL

Para mantenerte al tanto de nuevos lanzamientos de libros y ofertas, suscríbete al boletín de noticias en español de Stasia: https://www.stasiablack.com/spanish-newsletter

LA ORDEN DEL FANTASMA DE PLATA
Solicita el honor de su presencia a

———————

EL SEÑOR RAFE JACKSON

———————

Para el preparativo de la celebración de las pruebas de
iniciación

EL SÁBADO, DIEZ DE MAYO
A las doce y media de la noche

Mansión Oleander
109 de la calle Oleander

La asistencia es obligatoria

CAPÍTULO 1

Rafe Jackson

Solo porque estuviese muerto, no significaba que se hubiese ido.

Nos perseguía. Nos perseguía a todos.

Timothy Jackson, la superestrella de fútbol, el primero de la clase, el primogénito heredero del imperio Jackson, mi hermano mayor por un año... Y había muerto.

Mientras me encontraba delante de la habitación de mi hermano mirando sus brillantes trofeos, sus reconocimientos enmarcados y expuestos, y ni una sola mota de polvo a la vista, me di cuenta de lo vivo que estaba en verdad. Siendo sincero, estaba más vivo que yo.

Habían pasado años y la habitación no había cambiado en lo más mínimo. Aún podía olerle, sentirle y casi oír su afable risa. Pero, sin importar con cuánta atención escuchara, no podía oírlo responder mis preguntas. Cuando más necesitaba el fantasma de mi hermano rondándome, el cabrón se quedaba en completo silencio. Necesitaba la respuesta...

¿Cómo iba a soportar 109 días en la Oleander pasando por las pruebas que se suponía que él debía completar?

Yo era el impostor y, aun así, heme aquí, con invitación en mano y a horas de empezar la iniciación. La Orden del Fantasma de Plata era su derecho por nacimiento, no el mío. Él era el primer hijo de los Jackson y no el segundo, de quien se olvidaban a menudo. Pero aquí estaba, ocupando su lugar lo quisiera o no. Ahora era mi deber, mi cometido, mi maldición.

—¿Qué haces aquí? —me preguntó mi madre desde mis espaldas. Su voz tenía un tinte angustiante, y sabía que detestaba que yo estuviese en su habitación.

Me di la vuelta para verla a la cara, y me percaté de la forma en que escudriñaba cada espacio con los ojos para ver si había movido algo. Dios no permitiese que cambiase algún objeto de lugar.

—Vine para despedirme.

—¿Para despedirte? ¿Adónde vas?

—Las pruebas empiezan esta noche —dije con paciencia forzada, intentando no contestarle bruscamente a la mujer que casi se había tirado a la misma tumba junto a su hijo para morir con él—. No podré estar en contacto por 109 días.

Sus ojos parecieron ponerse vidriosos cuando los posó sobre una fotografía de Timothy, con toga y birrete, luego de su graduación.

—Así es —murmuró—. A tu hermano siempre le había emocionado este día.

Sí, ya lo sé.

—¿Recuerdas que siempre iba a la Oleander con tu padre cada vez que podía?

Asentí, pues recordaba que lo acompañaba la mayoría de las veces, aunque yo nunca fuera a ser miembro de la

Orden. Fue allí cuando conocí a mis mejores amigos. A pesar de que todos eran los primogénitos y que tarde o temprano pasarían por sus propias pruebas, nunca me habían tratado diferente. Yo era uno de ellos de todas las formas importantes. Si alguno de nosotros hubiese sabido que el nefasto destino cambiaría aquella situación y que en verdad me convertiría en uno de ellos, pues...

Ella se acercó al escritorio de Timothy y tocó una taza llena de bolígrafos, y preguntó:

—No has tocado nada, ¿o sí? No te has llevado nada, ¿verdad?

—No cambié nada de lugar —dije mientras la observaba inspeccionando cada objeto para asegurarse de que todo estuviese justo como estaba antes de su muerte.

A excepción de la ropa sucia que había estado en la cesta, ni un solo objeto se había sacado, ni ofrecido a la caridad, ni... no quiera Dios... regalado a su afligido hermano para que pudiera recordarlo. Tenía que escabullirme en su habitación para poder tener aquella sensación de cercanía. Cuando pedí el jersey de fútbol de mi hermano para tenerlo presente, aún recuerdo que a mi madre casi le dio un ataque. Nada... nada saldría de esta habitación.

Ella enfocó sus ojos —nadando en disgusto— en mis brazos, que estaban completamente llenos de tatuajes. De inmediato me arrepentí de haberme puesto una camiseta sin mangas.

—Espero que tengas planeado cubrirlos. Tu padre se sentiría avergonzado de que los ancianos tuvieran que ver esas... marcas que te cubren el cuerpo.

—Llevaré puesto un esmoquin, mamá. —Quise poner los ojos en blanco, pero en su lugar me incliné y le besé la mejilla, la cual se sentía fría y sin vida—. Las ocultaré. No te preocupes.

—No sé por qué le has hecho eso a tu cuerpo —me sermoneó por centésima vez—. No tiene sentido. Tu hermano no sintió la necesidad de destruir su piel.

Sí, ya lo sé.

—Y tu pelo... —Sus ojos, llenos de crítica, se posaron en mi cabeza—. Has debido cortártelo para lo de esta noche. Está enmarañado y muy largo en la parte de arriba. Estás representando a la familia Jackson y... a Timothy. Lo estás representando a él.

Sí, ya lo sé.

Avancé hacia la puerta; necesitaba desesperadamente salir de la tumba de mi hermano. Mi madre se dio media vuelta y siguió con su inspección.

—Y ese tatuaje en tu pecho —continuó—. Lo puedo ver asomándose por tu camiseta. Tienes que tener mucho cuidado y esconder toda esa... tinta.

Había un tatuaje en mi pecho con las palabras fuerza, amor y honor. Eran las palabras que recitábamos mi hermano y yo antes de algo importante. Era nuestro lema; nuestro grito de guerra. Y debajo de esas palabras, en cada uno de mis pectorales, había un gorrión con una brújula justo por encima de las alas. Mi guía, mi norte y mi camino. Era algo nuestro; esas palabras siempre estarían en mi piel, y sin importar lo avergonzada que se sintiera mi madre de aquel tatuaje, era la parte más importante de mí. Siempre tendría a Timothy en mí, tallado en mi pecho.

Era él. Era yo. Éramos nosotros. Dos hermanos que siempre estarían separados, pero que algún día se reencontrarían en el más allá y volverían a estar juntos.

Sonreí y le dediqué la sonrisa más falsa que pude ofrecer.

—No te preocupes, mamá. Tengo la intención de peinarme y engominarme el pelo, y me cubriré los tatuajes en todo momento. No tienes nada de qué preocuparte, no te voy a avergonzar ni a ti ni a papá.

¿La estaba aplacando al decir aquello? ¿Intentarlo hacía que me diesen náuseas? ¿Era esta la forma tóxica y retorcida en la que mi madre y yo nos comunicábamos ahora? ¿Un psicólogo haría su agosto al ver esto?

Sí, ya lo sé.

Necesitaba cambiar de tema, pues estábamos encaminándonos hacia un profundo y oscuro agujero. Siempre que mi madre y yo hablábamos sobre Timothy hacía que pasara días en cama, sumida en una depresión de la que nadie la podía sacar. Mi deber, tal como siempre, era intentar protegerla de los recuerdos dolorosos. Incluso cuando era estudiante de último año en el instituto, sin estar preparado en lo más mínimo para tratar con una madre histérica y un padre acabado, mi deber fue ser el fuerte. Timothy se había ido y todo recaía sobre mis hombros. Así que supe que tenía que cambiar de tema rápidamente.

—¿Recuerdas a Fallon Perry? —comencé—. La vi en la fiesta de Sully la otra noche. Ha cambiado un montón. Apenas la reconocí.

Mi madre se estremeció como si le acabasen de dar un puñetazo.

—¿Esa chica ha vuelto a la ciudad?

—Así lo parece —dije, sin estar seguro de por qué el nombre de Fallon parecía irritar tanto a mi madre. Fallon había crecido en nuestra casa, prácticamente. Nunca pensé que mi madre tuviese animadversión contra ella—. Estaba trabajando con la compañía de *catering* que organizó la fiesta. Se veía bastante bien.

Mi madre soltó un bufido.

—Supuse que desperdiciaría una educación perfectamente buena. A esa niña se le dio todo y, aun así, ahí la tienes, desaprovechándolo al trabajar como una mesera. Es una lástima, pero bueno, tampoco es que haya tenido una madre que fuese buen ejemplo a seguir.

—Su madre era agradable —dije, aunque no sabía por qué estaba tratando de defender a nuestra antigua ama de casa—. Fallon era mi mejor amiga, mamá. No sé por qué actúas como si fuese una enemiga vieja nuestra o algo parecido. Pensé que te caía bien.

Ella se cruzó de brazos, fue hasta la cama de mi hermano, se detuvo por varios segundos y pasó la mano por encima de su cubrecama azul de franela.

—Nunca me gustó Fallon. A tu padre sí. Por alguna razón descabellada, él sentía compasión por esa muchacha.

No me gustaba la forma en que hablaba de Fallon y mi paciencia empezó a menguar, incluso en la habitación de Timothy, lo cual me calmaba cuando trataba con esta mujer.

—Mamá...

—Dejemos el pasado en donde pertenece —interrumpió—. En este momento tienes muchas cosas entre manos. Lo último que debes hacer es pensar en esa muchacha. —Se encogió de hombros, como si así apartara todos los recuerdos de una chica que no había hecho nada para ganarse el disgusto de mi madre—. Siempre se ponía mucho maquillaje negro en los ojos. Y su cabello... Todo era negro. Demasiado negro.

—Era una adolescente —la defendí—. Había muchas chicas góticas en ese entonces. Es una fase normal.

—¿Una fase? Como si hubiera tenido razón para rebelarse —espetó mi madre—. A esa chica se le dieron oportunidades. Tuvo suerte de que los Jackson la trataran de la forma en que hicimos, y...

—Cambiemos de tema. Pensé que te interesaría saber que me la había encontrado, pero no es para tanto —la interrumpí, tratando de pensar en algo más que pudiéramos discutir, pues podía sentir la tensión aumentar por segundo.

—Necesitas centrarte. No creo que comprendas de verdad la importancia de las pruebas de iniciación —dijo—. Tu padre es un anciano y siempre esperó heredarle su empresa a Timothy. Ese era su sueño, y así es como debió haber sucedido. Eres el segundo hijo y no perteneces ahí.

Sí, ya lo sé.

—Pero los ancianos han hecho una excepción —continuó—. Espero que entiendas el favor que la Orden está haciendo por esta familia. Están permitiendo que el linaje de tu padre siga, y depende de ti honrar el recuerdo de tu hermano de la mejor manera. No quiero que vayas y lo arruines todo. Todos los ojos estarán puestos sobre ti. Saben que debería ser Timothy, y te juzgarán comparándote con él.

Sí, ya lo sé.

Amaba a mi hermano, pero su recuerdo era como veneno en mi sangre. Yo no era más que la carcasa de un hombre que trataba de cumplir con el destino de su hermano muerto. Ese era Rafe Jackson.

La noche en la que mi hermano murió en el accidente de tránsito fue la noche en la que realmente morí a su lado. Bien podría haber sido un pasajero más, pues no había sido solo su vida la que se había visto truncada, sino la mía.

Morí aquella noche junto con el hombre al que admiraba más que a nadie.

—Tengo que irme. Todavía debo ducharme y vestirme —dije, sintiendo que las paredes de la habitación de mi hermano se me venían encima y que no podía escapar lo bastante rápido.

Mi madre asintió, se veía aliviada de que abandonase el

santuario que había creado para mi hermano. Era sagrado, y no era mi lugar.

—Oí que Sully VanDoren falló las pruebas —dijo acompañándome hacia el pasillo.

—Sí, pero parece que al final todo salió bien para todos —dije, y ya sabía adónde iría a parar esta conversación.

—Sé que ustedes dos son amigos, pero no seas como él. Sé como el bueno de Montgomery. Tu padre estaría avergonzado si fallas. Tendríamos que retirarnos bochornosamente del círculo social de Georgia si eso pasa. El negocio de tu padre nunca se recuperaría de algo así.

Sí, ya lo sé.

—Mi plan es hacer esto bien, mamá. No voy a meter la pata. Te lo prometo.

—Es que no es justo —dijo mientras caminaba por las escaleras, con la mirada baja y los hombros caídos—. Timmy estaba hecho para esto. Lo habíamos preparado para que se ocupara de esto. Debería ser él quien luchara por ese manto plateado, no tú. No es justo.

Sí, ya lo sé.

—Adiós, mamá —dije en voz baja, aunque ella ni me escuchaba, ni le importaba siquiera.

Lo que alguna vez fue una familia feliz ahora estaba hecho miles de añicos, y no había forma de arreglar lo que permanecería por siempre roto.

Timothy se había ido. Yo estaba aquí, y ahora tendría que ocupar su lugar.

Fuerza, amor y honor.

CAPÍTULO 2

Fallon

—¡Fallon! ¡Qué bueno verte, chiquilla!

Dejé mi café negro en la mesa que estaba fuera del café justo a tiempo para verme envuelta en un abrazo enorme y maternal por parte de la señora Hawthorne. Siempre la había llamado mamá H. Estábamos en medio de la calle principal, pero eso a ella no le importaba. Le había dejado de importar lo que la gente pensara sobre ella hace mucho tiempo, supongo.

Le devolví el abrazo con la misma fuerza. A la mierda cualquiera que estuviera mirándonos y riéndose disimuladamente detrás de nuestras espaldas. Sí, la oveja negra del pueblo había vuelto. Que los cotillas vayan por ahí y le cuenten a quienes quieran.

Aunque, en realidad, lo más probable era que nadie me reconociera sin mi cabello azul y negro y el maquillaje gótico. Hoy en día me veía perfectamente respetable. De hecho, lo más seguro era que nadie nos estuviese mirando.

Era el estar aquí lo que me hacía sentir paranoica. Así era como siempre me habían hecho sentir en este lugar.

Como si fuera extraña; como si fuera inferior. La niña bastarda del servicio.

Le di un último apretujón a mamá H y me aparté. No fue difícil dirigirle una sonrisa auténtica, sin importar lo que mi vida se hubiera vuelto últimamente. Y lo decía de verdad cuando le dije «Me alegra verte».

Ella me devolvió la sonrisa, brillante y maternal; era mi madre casi tanto como la mía propia. Mi mamá siempre estaba ocupada limpiando las casas de los demás, y la señora H y mamá habían sido mejores amigas desde que tenía memoria. La señora H había estado para mí cuando mamá estaba ocupada, o cuando debía trabajar y no podía ir a mis recitales o conciertos en el instituto Darlington.

Por supuesto, tenía una beca. Era uno de los pocos casos de caridad intercalados con todos los niños ricos y privilegiados.

Miré detrás de la señora H y me estremecí un poco al ver la calle principal. Era una de las pequeñas ciudades de Georgia que había podido prosperar sin ser un suburbio directo de Atlanta. Los hombres de Darlington tenían negocios por todo el mundo. Algunos tenían pisos en Nueva York y en el extranjero, pero su base de operaciones era siempre aquí. En especial cuando un iniciado iba a enfrentarse a las pruebas.

La Orden del Fantasma de Plata era el secreto peor guardado de la ciudad. Todos sabían que existía, y algunos pocos privilegiados conocían el nombre de la sociedad secreta, pero ha habido cuchicheos sobre qué era lo que ocurría en la mansión Oleander desde siempre. Sobre todo, cuando Rafe y sus amigos crecieron, pues sus padres estaban involucrados.

Hasta pensar en su nombre hacía que me estremeciese.

Me separé de mamá H y miré las elegantes tiendas de la calle principal. La ciudad florecía por los hombres de la Orden. Después de todo, a esos imbéciles ricachones y a sus esposas les gustaba tener lugares sofisticados en los que cenar y comprar cosas que nadie más en la ciudad podría permitirse.

Sacudí la cabeza.

—Vaya, siempre juré que, cuando lograra salir de este sitio, nunca volvería.

No había «lado malo» de la ciudad en el que estar. Solo había una carretera. Si vivías en el lado malo de la interestatal 75, bueno…, ibas a las escuelas públicas de mierda, y tus padres probablemente trabajaban en alguna de las tiendas que servían a los ricos o cuidando a sus hijos… o, como mi madre, limpiándoles sus casas y casi hasta la mierda del culo.

La señora H asintió, comprendiéndome.

—Pero aquí estás.

La miré inexpresivamente.

—No por elección.

Ella sonrió al oír aquello.

—Ay, cariño, apostaría todo lo tengo a que son las circunstancias, y no las elecciones, lo que hacen que muchas muchachas lleguen a esta ciudad.

Fruncí el ceño. ¿Qué se suponía que significaba eso?

Ella movió la mano, como si hubiese reconocido y estuviese descartando la interrogativa en mis ojos.

—Oh, gracias. ¿Es para mí ese té?

Yo sonreí y le pasé el Earl Gray que sabía que adoraba.

—¿No has cambiado después de todos estos años?

Ella rio.

—Soy una institución. Las instituciones no cambiamos.

—Bufé al oír eso.

—Estás en tus sesenta. Apenas te han salido canas.

Ella enarcó una ceja, luego se sentó y se acomodó en el asiento que estaba al otro extremo del mío.

—Ahora cuéntame sobre ti. ¡Te fuiste y recibiste educación de primera en la otra costa del país! ¡La soleada California!

Hice una mueca.

—Una educación de primera en un campo que a nadie parece importarle, porque no puedo conseguir empleo.

La señora H asintió con preocupación.

—Me lo ha contado tu madre. He oído que las cosas no están fáciles para tu generación. Y lo de tu muchacho y tú no ha funcionado tampoco.

Mi muchacho. Tragué y miré mi café. Era primavera en Darlington; el aire seguía estando un poco gélido y aún olía a lluvia reciente. Todo se me hacía tan increíblemente conocido, incluso luego de haberme ido por casi cinco años. Esperaba que todo fuera distinto, que se sintiera como se siente un país extranjero luego de todos los cambios por los que había pasado yo, luego de la evolución y crecimiento que había tenido, y...

Solté un bufido. Y, sin embargo, en el segundo en el que había puesto un pie en la ciudad, me sentí como la misma chiquilla que había huido hace tantos años, traicionada y herida más allá de lo imaginable por la única persona que pensé que siempre me apoyaría...

—No, no funcionó —dije, volviendo a dejar mi café en la mesa con más fuerza de la que pretendía, tras lo cual algo de la bebida se desbordó. Contuve una palabrota justo a tiempo. A mamá H no le gustaban nada las malas palabras, y dudaba que ser una mujer adulta la detuviese de darme un golpe en la muñeca por ello.

«Tu muchacho y tú», hicieron eco sus palabras en mi mente. No, lo nuestro no había salido bien. Éramos muy cercanos. Por un tiempo pensé que Jeoffrey era el indicado para mí, pues era un hombre increíble, era amable, tenía estabilidad. Había tratado de comprenderme. Me había pedido que me casara con él.

Me había preparado para decir «sí». Habíamos hablado sobre nuestro futuro juntos. Nos compraríamos una casa cerca de la bahía, él seguiría con su título en leyes y yo trabajaría con mis artes plásticas. Iba a ser una vida maravillosa.

Excepto por... ¿Qué fue lo que había salido de mi boca cuando me lo pidió?

NO.

No, no podía casarme con Jeoffrey Brown de San Francisco, California, porque seguía atrapada: mi corazón y mi alma estaban enrevesados en la pesada hiedra y zarzas del Sur. No estaría libre para seguir adelante hasta que hubiera regresado. Sabía Dios que lo detestaba, pero era cierto.

Nunca lo comprendí por completo, pero este lugar me había atraído hacia sus brazos con tanta seguridad como un yoyó conectado a una cuerda. Sabía que no tendría paz hasta que volviera. Una espina profunda se había arraigado a mi corazón en este sitio, y nunca sería libre sino hasta que abriera la herida original y me la sacara entera.

Entonces, tal vez, podría sanar. Entonces, tal vez, podría sentirme completa otra vez.

«Dios mío, por favor. Por favor, quiero sentirme completa». En la vida quería algo más que andar por ahí a medias, incapaz de amar de verdad a alguien más, y solo medio capaz de amarme a mí misma. Estaba muy cansada de estar enojada con todos: enojada con mi madre, con esta ciudad, con el mundo, y con Dios.

—Chiquilla, te ves... intranquila.

Alcé la vista para encontrarme con los ojos preocupados de la señora H. ¿Cómo pude haberme olvidado de dónde estaba y con quién estaba sentada? Ella siempre estaba bien afinada. Nada nunca se le escapaba.

—Estoy bien —mentí—. Solo he vuelto por un tiempo una vez terminé la universidad. Pensé que podría pasar una temporada con mamá mientras busco trabajo. Todo se hace en línea hoy en día, así que supuse que también podría estar con ella un rato mientras me postulo a empleos.

La señora H se limitó a asentir, pero no se veía muy convencida.

—Bueno, sé que está más feliz que zorro en corral por tenerte de vuelta. ¿Y estabas trabajando para la empresa de *catering* de Mari?

—Sí.

—Sé que está contenta de tenerte, pero he oído que esa mujer no trabaja pocas horas, y que espera lo mismo de sus empleados.

Eso era expresarlo de una forma bonita. Mari era una tirana. Después de cada evento, esperaba que limpiáramos la furgoneta, laváramos todos los platos, esterilizáramos los cubiertos, y todo lo demás a la vez. Para hacerle justicia, debía decir que ella también se quedaba hasta el final, pero era un trabajo agotador. Pensé que regresar a casa significaría que tendría tiempo libre para pensar, reflexionar y, tal vez, sanar un poco cuando, de hecho, resultó ser trabajo continuo y manual hasta desfallecer. Entre el trabajo con Mari y ayudar a mamá a limpiar su antigua casa para que pudiera mudarse a un piso más pequeño, me iba cada noche a la cama exhausta.

El piso estaba ubicado en un complejo de apartamentos más lindo, pero seguía siendo un apartamento. Siempre tenía que ser un apartamento. Incluso después de todo este tiempo, mi madre no se sentía lo bastante confiada en sus finanzas para permitirse una hipoteca. Haber pasado toda una vida limpiando retretes y ¿para qué? ¿Para qué?

Mamá había compartido las paredes con sus vecinos durante toda su vida. Siempre detestó tener que pisar en silencio para no hacer demasiado ruido, porque, si lo hacía, la vieja señora Toomey del piso de abajo le gritaría. O que la despertasen los vecinos con los que compartíamos pared y que no parecían captar la idea de «horas de descanso», pues ponían música a todo volumen y hacían fiestas a todas horas cuando regresaba agotada luego de su trabajo.

Después de una vida de trabajo duro, esa mujer se merecía algo de paz y quietud. Pero no, no era así como el mundo funcionaba, ¿o sí? Los hombres de esa estúpida orden secreta prácticamente vivían en la enorme mansión mientras que sus otras residencias estaban vacías, y mi madre se había partido el culo toda su vida para...

Uf, era demasiado exasperante. Mientras no estaba, la furia en mí hervía a fuego lento, pero ver la alegría de mamá por tener una lavadora y una secadora juntas en el mismo apartamento y pensar que era la cúspide del lujo me hacía enfadar aún más. Le emocionaba que fuese más sencillo hacer su propia colada tras pasar todo el día lavando y doblando la ropa de otras personas.

Detestaba la forma en que funcionaba este mundo de mierda. Estaba al revés y jodido, y yo lo odiaba. Mamá pensaba que era ridículo que me negara a quedarme con ella a menos que me permitiese pagarle el alquiler, pero sabía lo mucho que había trabajado solo para conseguir el apartamento más lindo.

Siempre había imaginado que algún día mi arte despegaría, y que entonces podría comprarle a mi mamá cualquier casa que deseara.

«Entonces tal vez no debiste haber estudiado una licenciatura en artes plásticas, idiota». Sí, últimamente me estaba arrepintiendo de ello. De entre todas las personas, yo era la que mejor sabía lo frívolo que era titularse en algo en lo que era tan complicado hacer dinero.

Para darme algo de crédito, me especialicé en contabilidad y casi saqué una doble titulación, pero mi financiación no alcanzó para ello, y siempre fui una esclava de los caprichos de los demás en lo que respectaba a mi educación. Así que podían irse todos al diablo, yo estudiaría la licenciatura inútil en lugar de la útil y que me traería dinero.

Eh, bueno, puede que ya no tuviera el aspecto gótico, pero nunca dije que había aprendido a controlar esa irritante venilla rebelde que había en mí.

—¿Cómo está tu mamá, por cierto? —Mamá H me miró por encima de su taza de café, y sus ojos, en exceso atentos, parecieron captar mucho más de lo que me habría gustado que hicieran.

Por lo menos podía ofrecerle otra sonrisa genuina.

—Bien. Está muy bien. Le encanta el nuevo piso, aunque puedo decirte que pasa más tiempo en esa diminuta terraza trasera que adentro de la casa. Solo se sienta allí, bebe café, espanta a los mosquitos y lee en su lector electrónico siempre que no está en el trabajo. —Seguía sonriendo cuando levanté mi taza de café para darle un sorbo.

—¿Has visto a Rafe desde que volviste?

Me ahogué con el café y bajé la taza con tanta fuerza que parte de la bebida se desbordó más que antes. Cielos. Limpié el líquido derramado con mi servilleta y fulminé a mamá H con los ojos.

Sabía que el tema que empezaba con R estaba fuera de límites. Lo había estado desde que me fui de la ciudad a mitad de mi último año. Llamaba con frecuencia para hablar con mi mamá y con mamá H, pero nunca, nunca, nadie traía a colación el detestable nombre de Rafe Jackson. Rafe, el muchacho que me había roto el corazón y que, sinceramente, me había roto a mí.

Terminé de limpiar el derrame y murmuré:

—Lo vi el otro día.

Y ya que la señora H jamás se andaba con rodeos, me preguntó:

—¿Cómo salió?

Alcé la vista y la miré mal.

—¿Cómo crees que salió?

Ella se limitó a alzar una ceja ligeramente.

—No lo sé, por eso te pregunto.

Mis fosas nasales se ensancharon. ¿De verdad iba a hacerme presión con esto?

—Bien. Salió bien. No le arrojé a la cara la bandeja que traía, ni grité, ni monté un numerito, si eso es lo que preguntas.

—No era eso lo que preguntaba —dijo con suavidad—. Me estaba preguntando cómo te sentiste al verlo otra vez después de tantos años lejos de aquí.

Me desplomé en la silla y alcé las manos.

—¡No lo sé! ¡No sé cómo me sentí!

Con la salvedad de que aquello no era cierto. Dios mío, cuando me encontré con Rafe en ese banquete de celebración por la chica que había vuelto del hospital, me paralicé por un segundo. Porque, aunque se veía diferente —más mayor, más relleno—, seguía siendo Rafe.

Y yo seguía siendo Fallon. Y éramos nosotros.

Él había sido mi mejor amigo de la infancia. Quería

correr y abrazarlo. Quería que él me devolviese el abrazo. Quería aferrarme a él y rogarle que nunca me soltase. Pero también quería darle un puñetazo en su puta cara por lo que me había hecho. Y sí, quería gritarle y romper cosas.

Quería hacer todo a la vez, y huir, y todo dolía y, al mismo tiempo, se sentía bien; porque siempre que estaba en la presencia de Rafe Jackson, me sentía mejor que en la fría soledad de no estar en su presencia, y yo...

—Sabes que ahora es mayor de edad. —Mamá H, que ya estaba cerca, se inclinó para poder susurrarme justo en el oído—: Está a punto de pasar por su iniciación en la Orden.

Ella retrocedió y no tuve ni la más mínima idea de la expresión de mi rostro. La Orden. Dios mío. ¿Rafe? Rafe no debía pasar por las...

Y entonces lo comprendí. Mierda. Tim ya no estaba. ¿Qué diablos? ¿Habían seguido adelante con el próximo en la fila? Parpadeé con fuerza. Vaya, tenían al heredero y al de reemplazo.

Sentí que mi corazón se encogía de dolor por Rafe. Siempre había sido algo menos que un extra, alguien secundario, si acaso, para su madre. Él nunca le importó un comino cuando era niño, oh, claro que no, no cuando tenía a su brillante niñito de oro Timothy, el hermano mayor, al que cubrir de halagos.

Y que ahora Rafe se viese obligado a tomar el lugar de Tim en la iniciación...

Una noche, Rafe me contó lo que habló con sus amigos sobre la extraña iniciación por la que su hermano mayor debía pasar ya que era el hijo mayor. Parecía ser muy espeluznante, y recuerdo que Rafe se veía muy aliviado porque no era algo que él tuviese que hacer en su vida.

Se me secó la garganta cuando lo comprendí de nuevo. Timothy ya no estaba, y ahora Rafe era el hijo mayor. Oh,

Rafe. ¿Por qué quería consolarlo y darle un puñetazo en la cara al mismo tiempo?

Tragué de nuevo.

—¿Él... está bien?

La expresión de mamá H se suavizó.

—Sí, el muchacho estará bien. Montgomery está ahí para vigilar y cuidarle.

Asentí. Montgomery siempre había sido algo estirado, pero era un buen tipo. Nunca me había tratado de otra forma que no fuese con amabilidad, y eso, para un estudiante del instituto Darlington, decía mucho.

Ya que era una muchacha pobre con una beca, la mayoría de los chicos me trataba como si me hubieran puesto en sus instalaciones para que pudieran tener sexo gratis y sin consecuencia conmigo. Y entonces se enfadaban cuando yo no quería acostarme con ellos. No era de extrañar que me hubiese teñido el pelo de negro, que usara maquillaje gótico y hubiera adoptado una actitud perpetua de «acércate a mí y te reviento». Estaba en modo de supervivencia, joder.

Los amigos de Rafe eran la extraña excepción a la regla, eso sí que lo recuerdo. Y, en verdad, no tenía idea de lo malo que podía llegar a ser el instituto. Rafe, Montgomery y el resto de los chicos probablemente me habían protegido más de lo que me imaginaba. Inclusive que me asociasen con ellos probablemente había servido de protección.

—Chiquilla, ¿podemos coger nuestras bebidas para llevar? ¿Quizás puedas llevarte a esta anciana a dar un paseo? Sería bueno para estas articulaciones rígidas.

Me aparté de mis pensamientos, sobresaltada, y la miré.

—Tú estás llena de vida, mamá H. A mí no me engañas.

Ella rio y los ojos le brillaron mientras me guiñaba el ojo.

—Calla, calla, no reveles mis secretos. La gente espera menos cosas de una anciana. Se olvidan de que todavía puedo maquinar.

Me puse el bolso en el hombro, cogí mi café y eché la silla hacia atrás.

—Vale, pero ¿adónde vamos?

Mamá H miró a su alrededor y vi que había algunos ojos observándonos, después de todo. Ella mantuvo su cabeza en alto, pero enfocó la vista en mí.

—A algún sitio donde podamos hablar lejos de miradas u oídos indiscretos. Es hora de que sepas la verdad sobre cómo nos conocimos tu madre y yo.

Fruncí el ceño.

—La conociste cuando se mudó a la ciudad.

—Cariño, ¿alguna vez te has preguntado por qué ella terminó en Darlington? ¿O cómo terminé yo, en todo caso?

Abrí la boca, lista para darle una respuesta antes de darme cuenta de que no tenía ninguna. Espera un momento, ¿por qué mamá había venido a esta ciudad? ¿Cómo era que nunca había preguntado al respecto? Quiero decir, mamá siempre decía que había crecido en un hogar pobre y nunca quería hablar sobre ello. Siempre dijo que su vida empezó cuando yo nací. Era dulce, aunque siempre había sospechado que lo decía a modo de salida fácil.

Fuera de eso, todo lo que sabía era que ella y mamá H se habían convertido en mejores amigas mientras mamá estaba embarazada de mí. Mamá H la había ayudado a encontrar su primer trabajo: limpiar la casa de la familia de Rafe. Aquello me disgustaba, pero, al mismo tiempo, fueron algunos de los mejores años de mi vida. Porque tenía a Rafe.

Tenía cinco años y se suponía que debía colorear en el lavadero mientras mamá limpiaba los retretes del piso de arriba. Pero me aburrí, pues no me gustaba estar encerrada.

De hecho, lo odiaba, pero nuestra vecina, la señora Reyes, no había podido cuidarme aquel día, y sí que me había alegrado escaparme de la anciana. Olía extraño y solo le apetecía ver telenovelas todo el día.

Me sentía emocionada de ir con mi mamá hasta que me di cuenta que aquello significaba estar sentada en el lavadero todo el día, quedándome tan callada como un ratón, pues había una malvada señora dragón que le gritaría a mami si alguna de las dos hacía mucho ruido. Solo había ido dos veces antes de eso.

Sí, el lavadero olía bien, y era divertido cuando mami me dejaba doblar la ropa. Me dijo que era la mejor ayudante y prometió que luego me enseñaría a doblar las toallas esponjosas. Pero no bajaba a donde yo estaba, y yo me aburría. Sabía que estaba mal, pero era una ratoncita muy sigilosa y tenía hambre. Los ratones se escabullían para conseguir comida sin que nadie los viese, ¿verdad? Así que no estaba rompiendo las reglas, técnicamente, porque mami me había dicho que fuera como un ratón.

En ese entonces me pareció muy lógico, así que muy muy muy lentamente abrí la puerta del lavadero —hice una mueca cuando esta rechinó—, y entonces, rápidamente, en medias nada más para no hacer ruido, brinqué hacia el diminuto pasillo para llegar hasta la cocina.

La recordaba porque, una vez, mami me había dejado estar ahí con ella mientras preparaba la cena para la señora dragón y su familia. Solo porque no había nadie en casa y estaba haciendo galletas para los niños de la señora dragón, pues mami sabía lo mucho que me encantaba preparar galletitas.

Sabía cómo llegar hasta la cocina, y corrí con mis piecitos de ratón. Trepé en la encimera y estaba a punto de alcanzar el gabinete en el que sabía que guardaban las galletitas —pero las que sabían bien, no del tipo que mami tenía en casa, que tenían sabor a cartón. No, estas eran de las buenas; de las que casi podías saborear la miel. Acababa de meter mi manito en la caja, tal como un ratón, cuando...

—¿Quién eres? —preguntó una voz.

Me di la vuelta tan rápido que casi me caí de la encimera. Estaba aterrada y mi corazón latía velozmente. ¡Ay, no! ¡La señora dragón iba a pillarme! ¡Mamá iba a enfadarse muchísimo!

Pero entonces vi que se trataba de un niñito. No era más grande que yo, así que le saqué la lengua.

—¿Qué te importa? No soy nadie. —Y entonces me metí un puñado de galletas con forma de animales a la boca.

—¡Eh! —dijo él—. ¡Esas son mías!

Fruncí el ceño y ya estaba volviendo a meter la mano en la caja.

—¿Tuyas? —pregunté con la boca llena de migajas.

Él hinchó el pecho.

—Sí, son mías. Yo vivo aquí. Tú eres la ladrona. Será mejor que me digas quién eres o voy a llamar a la poli.

¡Ay, no! Mamá se enojaría de verdad si este niño estúpido llamaba a la «poli». No era mi intención robar, es que tenía mucha hambre. Y mami me había dejado comer algunas galletas cuando habíamos preparado la cena, y...

Bajé de la encimera y me abalancé hacia el niño.

—¡Retira lo dicho! ¡Retíralo! Más te vale que no llames a nadie o voy a... voy a...

—¡Quítate! —chilló él, forcejeando conmigo desde abajo, pero no pudo quitarme de encima. No era tonta. Si le dejaba ir, me acusaría.

Pero sus chillidos y aullidos comenzaban a volverse tremendamente ruidosos.

—¡Basta! —siseé, tratando de cubrirle la boca con mi mano—. Cállate. ¡Para de llorar!

Aquello lo detuvo. Pareció ofenderse, como si acabara de golpearlo.

—Yo no estoy llorando. Los niños no lloran.

Bueno, sabía que aquello no era cierto. En nuestro edificio había un niño que lloraba todo el tiempo. Siempre lo oía del otro lado de la pared. Y también estaba ese otro niño tonto, Matthew, que había sido malo conmigo y que, cuando lo golpeé, lloró.

—Los niños sí que lloran. Yo te puedo hacer llorar.

Sacó la barbilla.

—A que no.

—A que sí.

—A que no.

—Que sí. —Entonces le di un puñetazo en el estómago. No con mucha fuerza, sino con la suficiente para hacerlo llorar, según pensé.

Pero él tenía razón. Se quedó en el suelo y pestañeó, con la barbilla sobresaliendo todavía; claramente decidido a no ceder, a pesar de que un velo de lágrimas le cubría los ojos. Pensé que sería malvado de mi parte pegarle otra vez, así que me quité de encima y extendí la mano. Respetaba a cualquiera que pudiera recibir mis golpes sin llorar.

—Soy Fallon. ¿Quieres ser mi amigo?

Fue como si le hubiera ofrecido un plato de galletas de chispas de chocolate con mantequilla de maní, porque su rostro se iluminó por completo.

—Claro. Soy Rafe Jackson.

Fruncí el ceño. Jackson. Ese era el mismo apellido que tenía la señora dragón. Ella era la señora Jackson —eso era lo que mami decía que debía llamarla si alguna vez la veía. Pero mi amiga Renata, que era la nieta de la señora Reyes, tenía un papi malo que estaba en la prisión, y aun así ella era amable. Así que tal vez Rafe podía ser amable y mi amigo, incluso si su madre era una malvada señora dragón.

Entonces le di la mano y lo decidí en ese mismo instante:

—Vale, seremos mejores amigos. —Luego lo miré más de cerca. En realidad, nunca había tenido ningún amigo niño, así que asentí y añadí—: Y cuando seamos grandes, nos podemos casar.

Él se encogió de hombros. Entonces nos llevamos la caja de galletas de animales afuera y me mostró los mejores sitios para jugar al escondite, juego para el cual su hermano siempre estaba demasiado ocupado.

Cielos. Parpadeé un par de veces para salir de aquel recuerdo. Llevaba años sin pensar en el momento en el que Rafe y yo nos conocimos. Me metí un mechón de pelo detrás de la oreja, sintiendo de nuevo esa extraña sensación de *déjà vu* que estaba teniendo desde hace dos meses cuando volví a la ciudad. No me gustaba. No, no me gustaba ni un ápice.

—Entonces —me animó mamá H—. ¿Alguna vez te lo has preguntado?

—¿Qué cosa? —La miré. Aún me sentía desorientada por pensar sobre el pasado. Entonces recordé que me estaba preguntando sobre mamá, y aquello fue lo que me había llevado a aquel viaje. Negué con la cabeza—. No, no. Supongo que nunca supe por qué mamá acabó aquí. Nunca era concreta sobre su pasado antes de que yo naciera.

Mamá H, que ahora estaba de pie a mi lado, miró a su alrededor como si volviese a asegurarse de que no había nadie en la cercanía que pudiera oírnos. Cuando se sintió satisfecha de que no había nadie cerca, se inclinó hacia mí una vez más.

—Ay, chiquilla, ambas fuimos Bellas presentadas a los iniciados de la Orden. En años diferentes, claro está, pero nos hicimos amigas pues a ninguna de las dos nos eligió nuestro respectivo iniciado. Éramos las rezagadas, las rechazadas. A lo largo de los años, algunas nos hemos convertido en algo como un club.

Me quedé boquiabierta mientras fragmentos de lo que Rafe me había contado hace años se colaban en mi cabeza. Ya va... ¿QUÉ?

¿Mi madre y mamá H habían sido... bellas rechazadas? ¿Las mismas que iban a todas esas... esas fiestas sexuales? Recordaba lo que Rafe me había descrito furtivamente. Una vez, él y sus amigos se habían colado a los terrenos de la Oleander durante una iniciación y miraron por la ventana del salón de baile. Se había sonrojado cuando le pedí que me contase lo que había visto. Tuve que hacerle una llave hasta que se rindió y por fin escupió la información.

Dijo que había visto un montón de mujeres desnudas follando con un cuarto lleno de hombres. Me lo había dicho con un poco más de delicadeza, pero esa era la esencia. Eso sí, definitivamente había descrito una orgía grupal. Y luego se asustó muchísimo y me dijo que lo matarían si se enteraban que se lo había contado a alguien, y tuve que jurarle que jamás lo contaría. Y nunca lo hice.

Pero aquí estaba mamá H, diciéndome que en algún momento fue una de esas mujeres. Y... ¿y mi madre también?

—Ven conmigo, muchacha —dijo mamá H con calma—. Te entrarán moscas si sigues con la boca abierta. Encontraremos un buen lugar para charlar.

Logré, de alguna manera, asentir, y ella me cogió del brazo y me sacó de en medio de las mesas del café, llevándome entonces por la calle.

CAPÍTULO 3

Rafe

Blanco.

¿Por qué el salón de baile que albergaba actos tan oscuros y depravados era blanco? Y, por si fuera poco, todos los candidatos —incluyéndome— llevaban un esmoquin blanco. ¿Estábamos encubriendo lo negro del pecado con lo blanco de nuestros atuendos elegantes? Lo blanco debería simbolizar pureza, y en la Oleander éramos de todo menos angelicales e inocentes.

Los ancianos con sus mantos plateados entraron en la sala, mirándonos con sus ojos críticos. Nos estaban observando. Me observaban a mí.

La Orden del Fantasma de Plata siempre me observaba. Incluso cuando no tenían sus ojos puestos en mí, podía sentirlos. Todavía podía oír sus pensamientos.

Este no era mi lugar. Timothy debería estar aquí llevando su esmoquin blanco. Debería ser él quien pasara por las pruebas de iniciación para ganarse su membresía en la Orden. Debería ser él quien heredara la compañía petrolera de mi familia, no yo. Ellos lo sabían, yo lo sabía, y cada persona en esta sala lo sabía.

Yo siempre sería el impostor.

—¿Estás listo para que comiencen las pruebas? —preguntó Beau Radcliffe mientras se acercaba hacia donde estaba y me daba una palmada en el hombro—. Yo soy el próximo, y te puedo decir que no creo que esté listo para esto. Si Sully no pudo, ¿entonces quién dice que nosotros podemos superarlas?

—Los dos queremos ser miembros de la Orden. Esa es la gran diferencia.

—¿Lo queremos? —musitó Beau mientras tomaba un sorbo de su bebida y miraba a los miembros y los Ancianos en el salón—. Entiendo por qué lo quieres —añadió—. Siempre has tratado de estar a la altura de su recuerdo. También has tratado de cumplir con las expectativas de tu padre. Lo que quiero decir es que lo entiendo. La maldición del caballero sureño nos ha dado fuerte a todos.

Había ayudado a manejar el negocio de mi padre desde el instituto. Me había saltado la universidad porque, ¿qué sentido tenía estudiar algo que no fuese el mundo del petróleo? Mi carrera se vio escrita en piedra en el minuto en el que murió mi hermano. La empresa iba a ser mía, así que, ¿qué mejor educación que lanzarme directamente y aprender cada recoveco del negocio con mi viejo? ¿Quería ese trabajo?

¿Es que importaba?

Bajé la vista a mi whisky, no podía decidir si debería bebérmelo hasta el fondo o no probarlo siquiera. Sabía que necesitaba aquel coraje líquido, pero mi estómago se estaba retorciendo al mismo tiempo que el gran reloj de péndulo que dominaba el salón marcaba el tiempo. Las manecillas del artilugio eran sables dorados con diminutos rubíes, y no había forma de apartar la vista cuando mi momento se acercaba.

Presentarían a las bellas pronto. Todos nos encontrábamos reunidos y listos, y era cuestión de minutos antes de que comenzaran con la ceremonia.

—Estarás bien —dijo Montgomery, acercándose y posicionándose junto a Beau y a mí. Aunque era mi amigo, ahora se veía diferente con su manto plateado y el olor a «miembro» emanando de su energía de la Orden—. Sé que es intenso. No fue sencillo para mí, ni tampoco para Sully, pero quiero que sepas que puedes hacerlo.

Me miró de cerca, escudriñando mi rostro.

—También quiero que sepas que no apruebo las mierdas por las que te harán pasar. Detesto esto, de verdad. Odio estas pruebas. Odio tener que ser testigo de todo lo que sucede. Haré todo lo posible por estar allí para ti, pero tampoco quiero arruinarte tu oportunidad involucrándome.

—¿Qué opina tu prometida sobre que asistas a todas las fiestas sexuales? —preguntó Beau terminando su bebida de una sentada, y luego dejó su vaso en una mesa que estaba a nuestra derecha—. No puedo imaginarme que Grace esté feliz de verte asistiendo a estas cosas.

—Lo odia a muerte —replicó Montgomery sin vacilación—. Detesta la Orden, pero comprende por qué quiero ser parte de ella. Es mi mundo y ella lo ha aceptado. Es nuestra herencia y corre por nuestras venas. Pero también sabe que mi pene solo le pertenece a ella, y confía en mí.

Tomó un trago y miró a los otros miembros, que conversaban casualmente entre sí como si estuviesen en una fiesta cualquiera.

—En algún momento, la Orden cambió. No es lo mismo que era cuando estábamos pequeños. Sé que ya lo he dicho, pero quiero cambiarla para que vuelva a ser mejor. Quiero que sea mejor de lo que nunca fue. Tengo un gran objetivo, un objetivo a largo plazo en mente.

Nos miró a todos.

—Pero no puedo hacerlo solo. Necesito que ustedes se hagan miembros. Necesitamos sangre fresca que no esté arruinada ni contaminada con Viagra y borbón caro. No somos los únicos candidatos aquí; el siguiente grupo vendrá luego de nosotros y tendrán que soportar las mismas cosas de mierda a menos que nosotros lo detengamos. De verdad no creo que nuestros tatarabuelos hayan estado de acuerdo con algunas de estas porquerías.

Las palabras de Montgomery tenían sentido, pero yo no tenía objetivos tan nobles, exactamente. Me limitaba a tratar de sobrevivir la noche aquí. Miré la sala buscando a mi padre. No esperaba que se acercase a mí hoy. Yo era un simple candidato mientras que él era un anciano, pero recibir su apoyo habría sido agradable, aunque este fuese mínimo.

En lugar de aquello, lo vi de pie con su bebida en mano y una enorme sonrisa en el rostro mientras reía en medio de una conversación con el padre de Walker, como si no tuviera ninguna preocupación en la vida. No como si su único hijo que seguía con vida estuviese a punto de danzar con el diablo hoy por la noche y que, tal vez, necesitara a su padre. No, así no se hacían las cosas en la Orden.

Me tragué mis emociones junto con el sorbo de whisky. Emmett y Walker, con sus esmóquines blancos, se acercaron a nosotros. Era un recordatorio de que éramos los intrusos; el cúmulo de candidatos en fila para reclamar su membresía. Estábamos en blanco, éramos invisibles; fantasmas transparentes hasta que nos convirtiéramos en miembros de la Orden.

—Se siente raro estar aquí sin Sully —dijo Walker—. Extraño a ese cabrón —añadió con una sonrisa torcida.

—¿Por qué falló? —le preguntó Emmett a Montgomery.

Montgomery pareció incomodarse con la pregunta.

—Trato de ser un buen amigo, muchachos, pero hay reglas sobre las cosas que pueden y no pueden saber los candidatos. Tarde o temprano sabrán todas las respuestas. —Miró alrededor de la sala—. Pero no puedo discutir eso. En especial aquí.

—¿Crees que tengo oportunidad de aprobar? —pregunté, preguntándome si estaba hecho para esto.

La maldad heredada no estaba en mis huesos. Yo era el segundo hijo; los fantasmas que acechaban la mansión Oleander bien podrían tener otras ideas en mente para mí. Ellos sabían la verdad. Sabían que era Timothy el que debía estar aquí con su esmoquin blanco. Una parte de mí, diminuta y supersticiosa, estaba aterrada de que fueran los verdaderos jueces del valor de un iniciado.

Montgomery estiró la mano y me dio una palmada en el brazo.

—Tú puedes con esto. Solo haz lo que te pidan, aunque tu moral te grite que no lo hagas. Escoge una bella con la que sientas que puedes soportar los 109 días. Es un tiempo largo y brutal, y algunas veces es extremadamente aburrido, pues los días se entremezclan. Y vas a tener que follar muchas veces con esa bella. No hay forma de evitarlo. Así que asegúrate de que la chica te la ponga dura, de lo contrario te arrepentirás de verdad.

Mis amigos se rieron, pero yo no. No estaba de humor para hacer otra cosa que no fuese esperar. Esperar...

El fuerte martilleo de doce campanadas hizo eco en el salón. Los bastones que sujetaban los Ancianos se acoplaron al ritmo y la intensidad del ruido mientras hacían impacto contra el níveo suelo de mármol. La selección de las Bellas estaba a punto de comenzar.

—Traigan a las bellas —exigió uno de los ancianos luego del decimosegundo golpe de su bastón.

Los candidatos se alinearon conmigo en el centro de la sala. Nos paramos firmes y aguardamos. Ya habíamos hecho esto antes; una vez con Montgomery y la otra con Sully. En algún momento, solo habría uno de nuestro grupo que quedaría de pie. Supongo que me alegraba no ser el último; por lo menos tenía apoyo moral de cada lado, pues Emmett, Walker y Beau me rodeaban en este ritual repetitivo.

Había tratado de prepararme para este momento. Me había dicho que simplemente elegiría a una que fuese razonablemente bonita, no a una hermosa que seguro necesitaría demasiada atención o sería difícil de complacer, y tampoco a las más apagadas. Como había dicho Montgomery, necesitaba por lo menos sentir algo de atracción por la chica.

La sala se quedó en silencio y esperé el sonido de los tacones: las bellas estaban en camino, pero en vez de ser un espectador, como antes, sabía que esta vez era mi turno.

Veinte mujeres jóvenes. La Orden del Fantasma de Plata había seleccionado aquel número hace siglos, tal como habían decidido con exactitud lo que ocurriría paso a paso en cada momento no solo de esta noche, sino de los próximos 109 días. Yo estaba a su merced, al igual que la inocente y desafortunada bella.

Me sentía mal por esas mujeres. Detestaba tener que elegir una para que pasara por este infierno conmigo. Sabía que querían que las eligieran, pero no tenían ni la más remota idea de lo que aquello en verdad significaba: no sabían que estaban atrapadas en una llamarada, y que la única forma de escapar sin escaldarse era huyendo esta noche.

Podía salvar a diecinueve de las llamas, pero una estaba condenada a ser quemada viva conmigo.

Mientras entraban al salón, hicieron fila frente a nosotros. Sabía que tenía que observar a cada una y escoger a la más sensual, o por lo menos a la más interesante. Pero la verdad del asunto era que todas eran bonitas. Hasta ahora no había visto a ninguna bella que no lo fuera.

Los largos y ondulantes vestidos se movieron frente a mis ojos. Cuerpos diminutos y con corsé, capas y capas de tela, belleza suprema y...

¡¿Qué coño?! ¿Era alguna clase de broma retorcida?

¿Fallon Perry?

¿Qué diablos estaba haciendo ella aquí? Pestañeé varias veces con la esperanza de que no estuviese viendo a la misma mujer con la que me había reencontrado fugazmente en la fiesta de Sully. Miré a mi alrededor, esperando que Montgomery se riese y dijese que era una broma pesada, y que ahora traerían a las mujeres reales.

Pero nadie estaba riendo, nadie se estaba moviendo, y la mismísima Fallon Perry estaba frente a mí como una de las bellas en el baile de medianoche. Negué con la cabeza. Tal vez era alguna muchacha que se parecía a ella, porque, ¿qué diablos haría Fallon formando parte de esas mujeres? Esto no podía ser cierto.

Solo había bebido un trago de whisky y no me sentía mareado ni borracho. No me había drogado. Aun así, no pude evitar preguntarme si me estaba imaginando a la única mujer que me había dado tranquilidad en mi vida como un espectro repentino que me ayudaría a superar esta noche.

Pero mientras más la miraba, más certeza tenía.

Era Fallon. Mi Fallon. Estaba ahí de pie —era la única vestida de violeta—, e hizo contacto visual conmigo antes de bajar la vista al suelo, como si estuviese avergonzada. Un calor me recorrió las venas. ¡Debería estar avergonzada! ¿Qué rayos hacía aquí?

¡Ella sabía cómo eran las cosas! Conocía lo suficiente sobre la Orden y lo que aquello significaba. No era tonta, así que, ¿por qué demonios estaba aquí?

Levantó sus ojos oscuros pero, en vez de mirarme a mí, miró sus alrededores. Se empapó de la pesadilla de este mórbido baile de la Cenicienta.

«Sí, Fallon, las historias eran ciertas. Esto es eral. Y sí, deberías largarte de aquí en este instante».

—Muestren a las bellas —exigió el anciano con un golpe del bastón.

Necesitaba sacarla de aquí. Esto era una locoura. La última chica... Puede que Montgomery no haya estado dispuesto a compartir secretos, pero Sully me había llevado a un lado y me contó el infierno por el que hicieron pasar a las «bellas». Habían enterrado viva a su novia cuando fue una de ellas. ¡A la dulce Portia!

Mi estómago se rebeló al imaginarme que alguien le pusiera las manos encima a Fallon de esa forma. Ella no pertenecía a este sitio; nunca permitiría que esos hijos de puta le pusieran un dedo encima.

Pero no podía acercarme a ella. No podía cogerla por la cintura, cargarla por encima de mi hombro y salir de la mansión como quería hacer. Había cadenas invisibles y fantasmagóricas que me mantenían en mi sitio. El estar aquí no era solo algo mío, sino que estaba cumpliendo con el legado de mi hermano. No podía... Es que no podía...

Eché un vistazo a mi padre para ver si se había dado cuenta de que Fallon era una de las bellas. Si lo hizo, no lo demostró en su rostro. Se quedó de pie, inexpresivo, mientras esperaba que la ceremonia continuara.

«¿Te acuerdas de mi mejor amiga de la infancia, papá? ¿Te acuerdas de Fallon Perry, la niña que creció en nuestra casa? ¿La recuerdas? ¡Bueno, está aquí en la Oleander! ¿No vas a detener esto?».

Claro que no.

Otro anciano dio inicio a la procesión de las bellas llevándolas en una única fila a lo largo del salón de baile. Las hizo desfilar, primero, frente a los ancianos encapuchados, luego frente a los miembros, y finalmente frente a nosotros. Eso es lo que siempre se hacía, y no era una sorpresa. Aun así, no parecía ser real. No estaba seguro de si era porque todo esto se estaba haciendo por mí o porque Fallon Perry era una de las bellas.

Repitieron el acto tres veces. Las mujeres daban la vuelta a la sala y se podía oír el sonido de sus zapatos caros contra el blanco piso. No podía concentrarme en ninguna bella que no fuera Fallon. Su oscuro cabello rizado le caía por la espalda, y su maquillaje, aunque era mucho más ligero que cuando éramos amigos en el instituto, seguía siendo sombreado por los alrededores de sus ojos verdes. Tenía la cabeza en alto con orgullo, erguía los hombros con confianza, y su presencia penetraba la densa atmósfera de maldad, haciendo que se convirtiera en la única luz y bondad de esta sala.

Pero no debería estar aquí. Dios mío, ¿qué hacía aquí?

Las veinte bellas venían de la pobreza. No era secreto que cada una estaba aquí por el dinero. La Orden les prometía sus sueños; lo que fuese que quisieran sería suyo si las escogían. Si la bella completaba las pruebas, entonces todo estaría al alcance de sus manos.

Pero ¿y Fallon? No, ella no tenía dinero, exactamente. Yo

no la habría considerado pobre ni en apuros, ¿o es que sí lo estaba? No sabía lo que le había sucedido después de que se fue en nuestro último año. Ahora que pensaba en ello, su madre había dejado de ser nuestra ama de casa en la misma época, y bueno, perdimos el contacto. Así que supongo que se puede decir que no conocía con exactitud las circunstancias que la habían traído hasta aquí.

Aun así, si necesitaba dinero... bueno, tenía mucho para dar. Puede que no tuviese el mismo poder o dinero que mi padre, pero definitivamente estaba bien económicamente, y...

Ella no era como esas otras mujeres.

Puede que no fuese una mujer de la alta sociedad, o siquiera una debutante sureña como las mujeres ricas de mi mundo, pero, aun así, era Fallon.

Mi Fallon.

—Rafe Jackson —llamó el anciano mientras las bellas hacían fila una vez más frente a mí y a los candidatos que no se habían movido ni un ápice, aunque yo me encontraba luchando contra la urgencia de correr hacia Fallon—. Es hora de que elijas a la bella.

El anciano que estuvo encabezando la procesión de las bellas se acercó hacia donde estaba yo y abrió la mano. Descansando sobre su palma había una cinta negra de satén. Ya sabía lo que debía hacer a continuación, pues había visto a mis dos amigos hacer esto antes que yo.

Cogí el lazo, respiré hondo y empecé a tocar las perlas. Tenía que seguir moviéndome. No podía abordar ese tema. No podía dejar entrever que conocía a una de las bellas. No estaba seguro de lo que ocurriría si los ancianos se enteraban de aquel hecho. No podía detener el ritual antes de que hubiese empezado de verdad.

«No hagas contacto visual con Fallon. Ignórala».

Una por una, me acerqué a cada mujer y toqué brevemente el collar de perlas que llevaban todas. Aún no llegaba a Fallon, pero sabía que vendría pronto.

Cumplir con las formalidades, aplacar mis nervios y centrarme en el acto ceremonial era todo lo que podía hacer. Pensar en ella lo arruinaría todo. Todos los ojos estaban puestos en mí. Yo lo sabía; no iba a decepcionar a mi padre ni a mi hermano. Timothy querría que hubiera hecho esto de la forma correcta. Nadie ni nada podría echármelo a perder.

Si me concentraba en la tarea que tenía entre manos, que era seguir los pasos de Montgomery y Sully, realizaría la ceremonia a la perfección.

Y entonces alcancé a Fallon.

Sus ojos se encontraron con los míos cuando estiré la mano para acariciar su collar. Quería hablarle; quería abrazarla, ocultarla, huir con ella. Quería gritarle una y otra vez. Quería... Necesitaba seguir adelante. No había forma de que fuese a escogerla.

Mi deber era protegerla, incluso si me odiaba por ello. No había forma de que le permitiese pasar por la iniciación a mi lado. No sabía muy bien lo que sucedería, pero había oído bastante de parte de Montgomery y Sully, sin mencionar los años de rumores, para saber que esta mansión no era sitio para ella. Si la seleccionaba, tendría que hacerme a un lado y verla sufrir.

Nunca permitiría aquello. Así que, incluso si quería que yo la escogiera... Incluso si esperaba que yo la escogiera... La respuesta era un no.

Pasé a la siguiente bella, que llevaba puesto un encantador vestido amarillo. Sí, tendría que bastarme la mujer de amarillo. Bajé la vista y miré el collar de blancas perlas que descansaba sobre su piel pecosa, y las arranqué con fuerza.

El collar se rompió y las diminutas gemas se desparramaron por el piso. Ella abrió los ojos, unas lágrimas se formaron en ellos y el labio le tembló, pero se quedó inmóvil.

Romper el collar. Un acto que demostraba lo sencillo que era para la Orden del Fantasma de Plata darte riquezas solo para quitártelas. «Lo que crees que es tuyo puede arruinarse con mucha facilidad». Habíamos repetido aquella consigna una y otra vez cuando éramos niños. Sabía muy bien lo fácil que era para la Orden controlar todo lo que hacíamos: podían destruirme a mí, podían destruir a mi padre y podían destruir a Fallon. Y no iba a dejar que aquello pasara.

Sin gastar más tiempo y tratando de no sentir la mirada fulminante de Fallon a un lado, reemplacé las perlas que habían estado en el cuello de la bella vestida de amarillo con la cinta negra. Necesitaba que Fallon y el resto de las bellas salieran de la sala de inmediato, y mientras más rápido atara el lazo en la ahora temblorosa bella, pues mejor.

—Rafe Jackson, ¿has elegido a tu bella para la iniciación?

Me aparté de la bella vestida de amarillo y me volví hacia Fallon, quien me miraba como si acabara de darle una puñalada en el corazón con una daga.

«Lo siento, Fallon. Lo siento tanto. Pero jamás permitiré que seas una bella a la que quebrarán».

—He elegido —afirmé decididamente—. He elegido a mi bella.

CAPÍTULO 4

Fallon

¿Qué diablos acababa de pasar?

La señora Hawthorne me había dicho que, si aceptaba la invitación, sería una candidata segura. Después de nuestro paseo, y después de que por fin me hubiera contado todo —y con eso me refiero a todo, o por lo menos todo lo que sabía—, me planteó la idea más disparatada de todas. Me había dado la invitación para que yo fuese una bella.

Dijo que sería perfecto: que podría ser una bella y que, a diferencia de mi madre, yo sí sería elegida. Dijo que Rafe me elegiría y que por fin podría tener todos los deseos de mi corazón —todo lo que sinceramente me merecía. Era la solución perfecta. Podría cuidar de mamá y recibir lo que siempre me había correspondido, lo que le habían robado hace tantos años.

Pero Rafe lo había arruinado todo.

Fue y me humilló, joder. Me rechazó de nuevo. Y esta vez no con una notita que decía que lamentaba que tuviera sentimientos tan fuertes por él, pero que no sentía lo mismo.

Dios mío, esa nota. Es que aquello no se quedó hasta ahí. No, continuó y dijo que no pensaba que ser amigos a distancia fuese una buena idea, pues se sentía mal dándome falsas esperanzas, pero que gracias de todos modos y «ahí van 100 dólares por las molestias».

Su hermano acababa de morir y traté de darle el beneficio de la duda. Nunca había sido tan frío conmigo en los casi diez años de amistad que teníamos, y ciertamente jamás me había dado dinero así, con tanto descaro.

Aquello hizo que me sintiera... sin valor. Como si estuviera destilando nuestra amistad hasta hacerla una transacción. «Estoy cansado de ti, por favor vete; pero ten cien dólares, si es que eso hará que te vayas más rápido». Pero yo insistí. No iba a renunciar a diez años de ser su mejor amiga, en especial cuando pensaba que podría necesitarme. Timothy acababa de morir, por todos los cielos. Si él hubiera sido mi hermano, todo lo que querría hacer sería apoyarme contra su pecho ancho y tranquilizador.

Sin embargo, cuando fui a verle, su madre abrió la puerta y me dijo que no quería verme. Él le pidió que fuera su guardiana tras lo de la nota para no tener que lidiar conmigo.

Y entonces todo sucedió tan rápido: me aceptaron en el prestigioso Instituto de Diseño Art Center en Pasadena, California. Tenía que ir. Mi beca en Darlington se había secado, pues el misterioso benefactor que pagaba por ella decidió dejar de pagar mis estudios.

No tuve otra opción más que irme.

Supongo que no era cierto, pues pude haberme quedado para terminar mi educación en el sistema escolar público de mierda. Lo habría hecho si hubiera tenido por lo menos un ápice o una migaja de apoyo por parte de Rafe, pero todo con lo que me encontré fue con la fría piedra de su calzada y con el silencio de la puerta que su madre cerraba repetidamente en mi cara. No leía su correo electrónico, no me hablaba, no había comunicación.

Eran trece años de amistad y... bueno, esperaba algo más. Pero bueno, siempre fui una tonta por imaginar que podría haber algo entre nosotros; entre él, que era un príncipe, y yo, la hija del servicio. Y entonces me sacó de su vida con tanta facilidad como lo hacía mi madre cuando sacaba la basura cada semana.

Y luego, diez días después, me subí a un autobús y nunca más volví a casa.

Hasta ahora. ¿Y para qué? ¿Para esto? ¿Para ponerme tan bonita y provocativa como una magdalena sucia, darle mi alma con los ojos y ser rechazada tan completa y dolorosamente como cuando éramos dos niñatos?

A la mierda la señora Hawthorne por haberme dado esperanzas. No podía creer que había venido a la Oleander. No podía creer que estuviese repitiendo el destino de mi madre. Ahora también yo era una bella rechazada. Supongo que podría unirme a su club.

Me sorprendí mucho cuando mamá H me lo contó. ¿De verdad había sido ayer cuando hizo que mi mundo estallara por completo? ¿Fue tan solo ayer cuando salimos del café y la seguí al diminuto y pintoresco parque junto al río donde me contó una historia que nunca olvidaré?

—Tu madre era joven y estaba desesperada cuando llegó a esta ciudad —dijo mamá H tras sentarse en el banco del parque, junto a un sendero solitario.

Eran las once de la mañana del viernes y no había nadie en los alrededores. Tragué con fuerza y me senté a su lado. ¿Quería oír lo que tenía que contarme? Ya entonces sabía que lo que fuese a contarme mamá H era importante. Tal vez tan importante como para descolocar los cimientos de mi vida. Y no me decepcionó.

—Siempre me recordó mucho a mí misma. Trabajaba como lavandera en uno de los moteles de la ciudad vecina cuando recibió la invitación.

—¿La invitación?

—Para ser una bella y competir por la atención de uno de los iniciados en la Orden del Fantasma de Plata.

Volví la cabeza violentamente hacia ella, pero no me miraba a mí, sino que seguía viendo al frente. A pesar de que estaba serena, la conocía bien: estaba compartiendo secretos sagrados; secretos con los que los hombres poderosos tomarían medidas extremas para silenciar.

—¿Por qué me lo estás contando?

Por fin, mamá H me miró. Sus ojos eran penetrantes; no tenía miedo.

—Mereces saberlo. Es tu ascendencia.

Sentí que fruncía el ceño. ¿A qué diablos se refería con aquello?

Pero ya había empezado a hablar:

—La invitación pudo haberlo sido todo para tu madre: pudo haber significado una nueva vida, riqueza más allá de lo que nunca hubiera conocido, todos sus sueños hechos realidad.

Sacudí la cabeza, confundida. Ambas sabíamos que eso no había sucedido. La expresión de mamá H se suavizó.

—Esa noche no la eligieron.

Sus palabras se sintieron como un golpe físico. No porque me importara tanto, sino porque podía imaginar el golpe que mi madre había sentido: le habían arrebatado todas sus esperanzas de tener un mejor futuro simplemente porque un hombre no la había seleccionado.

Entonces, si a ella no la habían elegido, ¿por qué diablos mamá H me contaba esta historia?

—Ella estaba entre las rechazadas —continuó ella.

Cielos, esa era una manera un poco cruda de decirlo, pero entonces continuó:

—Tal como yo.

Me quedé boquiabierta, igual que hace unos minutos, cuando empezó a contármelo. Apenas pude musitar las siguientes palabras:

—No lo comprendo. No te puedo imaginar siendo...

Ella se rio vivamente.

—No siempre fui la mujer que ves frente a ti. En mi juventud era bastante guapa.

Fruncí el ceño. Siempre había pensado que mamá H era hermosa, pero de una forma maternal y reconfortante; como una señora mayor rellenita y tierna. Traté de ver más allá y dar marcha atrás a los años, y sí, allí estaba: podía ver a la pícara mujer joven guiñando un ojo, hambrienta por vivir y tener aventuras.

—¿Qué...? —Me detuve antes de poder preguntarle «¿qué te pasó?», lo cual parecía una pregunta grosera y ofensiva, aunque era lo que en verdad quería saber.

Mamá H volvió a fijar la vista en el río.

—Apenas era mayor de edad cuando llegué a este país. Mi padre me trajo en un viaje de negocios, por supuesto que sí. —Su rostro se ensombreció—. Yo era su hija favorita a la que violar cada noche, así que era normal que no me dejara atrás ni por un día.

Palidecí.

—Mamá... —Estiré una mano hacia ella, pero ella la atrapó cuando iba por mi cintura y la volvió a poner con suavidad en mi regazo.

—Me ocupé de ese malvado hombre, chiquilla, no te preocupes. Él ya no está en este mundo.

Ahora tenía los ojos tan abiertos como mi boca. Me obligué a cerrarla. Mierda, mamá H tenía profundos secretos que nunca podría haber imaginado. Y los estaba exponiendo para mí por algún motivo, pues continuó:

—Huí de él y desaparecí como mejor pude hacerlo, lo cual era más sencillo en ese entonces, pues no había teléfonos móviles, localizadores GPS y todas esas paparruchas. Me subí a un autobús que iba hacia el sur, me bajé en una parada el azar y caminé por el sendero más abandonado que vi. Al final me encontré en una calzada larga y sinuosa con bellos robles en ambos lados, y llegué a la mansión más preciosa que había visto. Era algo sacado de un libro.

Incluso ahora, luego de tantos años, su voz adoptó un tono melancólico mientras hablaba:

—Había vivido en la ciudad durante toda mi vida. En una sucia parte de Glasgow, y Glasgow ya era la ciudad más sucia en toda Escocia. Pero en aquel lugar todo era tan prístino y hermoso, y olía a pinos y a aire fresco. —Cerró los ojos e inhaló, y una sonrisa apacible cruzó su rostro.

»Cuando llamé a la puerta me preguntaron si era una de las bellas. Había llegado justo a tiempo para el baile de uno de los iniciados. La atareada mujer me dejó pasar sin pedir ver mi invitación. —Mamá H negó con la cabeza—. En aquel entonces todo era un caos desorganizado con las bellas. Es una sorpresa que hayan logrado algo con eso.

Sonreí, aunque quería apresurar su historia. ¿Qué pasó luego? ¿Cómo conoció a mi madre? Sin embargo, si había algo que había aprendido sobre mamá H en todo este tiempo, era que uno nunca podía apresurarla.

Aun así, no pude evitar preguntarle «¿Y qué hiciste?». Solo había escuchado fragmentos entre susurros sobre las «bellas» y lo que supuestamente ocurría en esas «iniciaciones». Rafe solía hacer conjeturas sobre las cosas que tendría que hacer su hermano algún día cuando pasara por las pruebas, pero siempre era una cuestión esotérica y lejana, tal como las formalidades o actividades de una familia real, era algo muy apartado de nuestras vidas.

Un brillo travieso apareció en los ojos de mamá H.

—Me aproveché del desorden. Encontré un vestido que nadie estaba usando y me maquillé como si fuera una de las bellas.

Bueno, había logrado sorprenderme de nuevo. Volví a quedarme boquiabierta.

—¿Fingiste ser una de ellas?

Ella se encogió de hombros altaneramente.

—Después de indagar un poco, me di cuenta de que todas eran mujeres como yo. Todas teníamos historias tristes, y me había encontrado con un cuento de hadas de la vida real. Podía er la Cenicienta si lograba que el príncipe me besara al final del baile.

Mi corazón se hundió, pero ella lo dijo para que yo no tuviera que hacerlo:

—Pero eso no ocurrió. Fue tonto de mi parte pensar que ocurriría, siquiera por un momento. —Se rio, pero fue una de esas risas ligeramente tristes, como si siguiera doliéndole después de tantos años.

Quise volver a tocarla, pero considerando la forma en que me había rechazado la última vez, no lo intenté de nuevo. La experiencia me había enseñado que, aunque mamá H tenía consuelo infinito para dar, rara vez permitía que se le reciprocase. Era como un pilar de hierro, y que me mostrase tanta vulnerabilidad en este momento era especial. Quería decir que me había dado más confianza de la que le daba a la mayoría de las personas.

—No, esa noche no me eligieron. Seleccionaron a una mujer más hermosa y menos rota, sin esa penumbra en los ojos.

Dios, quería abrazarla. Si me lo hubiera permitido, lo habría hecho.

—Pero... —se alegró, mirándome de nuevo, y sus ojos brillaron—, eso era lo que debía suceder. Debido a que no me eligieron, me convertí en lo que soy hoy en día.

«¿Y qué es, exactamente?» me pregunté.

—He podido cuidar a las chicas todos estos años. He podido cuidar a los hombres de la Orden. Primero me ocupaba de sus... —Puso los ojos en blanco—, necesidades carnales. Los hombres son tan simples. Trabajé en las fiestas ese año y al final terminé quedándome y recibiendo más y más responsabilidades, hasta que terminé por ocuparme de la casa. Con el tiempo comprendieron quién estaba a cargo. —Me guiñó el ojo, y me reí en voz alta.

Y entonces pestañeé. Con lo de «trabajar en las fiestas», se refería a... Uní esa parte con el otro conocimiento limitado que tenía por lo que Rafe me había contado a lo largo de los años... Orgías. Quiso decir que participaba en las orgías y los juegos sexuales que la Orden organizaba como parte de cada iniciación. Mamá H y... orgías. Vale, puede que me tome un momento conectar esas dos ideas y realidades desiguales.

—Entonces, cuando rechazaron a tu madre, yo le enseñé cómo jugar la carta de las fiestas, también.

Espera... ¿QUÉ?

—¿Qué? —chillé, saltando del banco—. ¿Mamá trabajaba en las fiestas sexuales con esos vejestorios aguados? ¿Como una prostituta?

—¡Claro que no! —dijo mamá H con tono ofendido—. Tu madre y yo nunca fuimos prostitutas.

Me quedé boquiabierta.

—Entonces... ¿por qué...?

Mamá H se incorporó y me sacó unos cinco centímetros de altura. Bajó la vista y me miró.

—Esperaba que fueses lo bastante mayor para discutir esto, pero tal vez me equivoqué. —Y empezó a irse.

Maldición.

—¡No, no! —Corrí para alcanzarla y puse mi mano sobre su brazo. Por lo menos no me la quitó de encima. Gracias a Dios por los pequeños milagros—. ¡No, mamá, no! Es que... son muchas cosas que procesar, ¿vale?

Exhaló y pareció que sus agitados ánimos se apaciguaron. Asintió.

—De acuerdo. ¿Quieres oír el resto de la historia o no?

Yo me apresuré a asentir con la cabeza.

—Sí. Juro que no voy a juzgar, solo quiero saber lo que le ocurrió a mi madre.

El rostro de mamá H se volvió a ensombrecer. Extendió el brazo hacia mí y yo lo cogí, y entonces empezamos a andar por el pequeño sendero más próximo a la orilla del río.

—Tu madre nunca estuvo hecha para el estilo de la vida de la Oleander, no a largo plazo. Disfrutaba la Oleander por lo que era, pero sabía que esas fiestas eran fantasía. Siempre tuvo más interés en seguir con su vida real, pero hallar trabajo era complicado. Hacía lo que podía, y durante los fines de semana iba a perderse en los placeres más opulentos.

—Cielos, suficientes detalles, ¡es de mi madre de quien hablamos!

Mamá H chasqueó la lengua.

—Se supone que tu generación se enfoca en la liberación sexual.

—No en cuanto a nuestros padres. —Cerré los ojos con fuerza y ella se rio.

—En fin, luego llegaste tú y tu madre decidió que era hora de enseriarse. La ayudé a encontrar el trabajo en la casa de la familia de Rafe, y eso fue todo.

Un terrible pensamiento me invadió y fui a coger su hombro.

—Dios mío. —Estaba a punto de vomitar. Las piezas empezaron a encajar—. Estás diciendo que mamá estaba teniendo sexo en la Oleander, y el padre de Rafe estaba ahí, y entonces mamá se embarazó de mí...

Pero mamá H de inmediato negó enérgicamente con la cabeza.

—No, tu madre nunca se acostó con el padre de Rafe. Jamás. Te lo juro tal como tu madre me lo juró a mí.

Sin embargo, todavía sentía el pánico en el pecho.

—¿Cómo estás tan segura?

Mamá H se limitó a dedicarme esa mirada.

—Tu madre no es tonta. Sabía que estabas interesada en Rafe cuando eras adolescente. Yo le hice la misma pregunta, pero dijo que era completamente imposible. Nunca se acostó con el padre de Rafe, ni siquiera una vez. De hecho, él fue el iniciado que la rechazó como su bella. En realidad, su culpa por haberla rechazado y después ver que alguien más la dejó encinta, fue parte de por qué estuvo tan dispuesto a ofrecerle trabajo. Le había dado a otra mujer sus sueños y dejó a tu madre... bueno... como lo está.

Me paralicé.

—Entonces, espera... ¿Dices que uno de los otros miembros de la Orden es... mi padre? —No vacilé en agarrar a mamá H esta vez. La cogí de los brazos y pregunté—: ¿Quién? ¿Quién es mi padre?

—¡No lo sé! —dijo—. ¡Te prometo que no sé quién es!

La solté y trastabillé. Esto no podía ser real. Estaba soñando. No había forma de que mamá H acabara de confesarme que ella y mi madre fueron bellas rechazadas que habían pasado los siguientes tres meses follando con varios tipos en desenfrenadas fiestas sexuales. Ah, y que, durante una de las orgías antes mencionadas, otro cabrón rico y multimillonario había embarazado a mi mamá de mí.

Y luego nos dejó. Sin dinero, ni ayuda, ni nada. Quienquiera que fuese había dejado a mi madre indefensa. Era una madre soltera en un mundo implacable.

Una ira inesperada me inundó al darme cuenta de aquello. Mi mamá y yo nunca vivimos en nada mejor que un piso de una habitación en el lado feo de la ciudad. Caseros de mierda, ratones, hormigas, cucarachas, tuberías rotas, un retrete que o bien no funcionaba o se desbordaba, nada de agua caliente en invierno, y la lista seguía y seguía... Y mientras tanto, el hombre que era mi padre llevaba una vida de lujo a unos kilómetros en una mansión con su esposa e hijos (joder, ¿tenía hermanastros?); y todo mientras mi madre luchaba toda su vida por llegar a fin de mes.

Otro pensamiento me llegó a la cabeza:

—Mi beca en el instituto Darlington... ¿Fue real o fue él?

¿Algún padre anónimo se había encargado de mi educación en secreto?

Mamá H bajó la vista al suelo y negó lentamente con la cabeza.

—No, cariño. No fue tu padre.

Sentí furia y ganas de llorar simultáneamente. Cerré los puños mientras contenía las emociones.

—¿Por qué? ¿Por qué me estás contando todo esto ahora? —Sinceramente habría preferido vivir en la ignorancia.

Su semblante se iluminó y fue entonces cuando sacó un

sobre con letras doradas en relieve; mi nombre estaba en la invitación.

—Porque finalmente tenemos la oportunidad de arreglarlo, de reparar todos los errores del pasado. Rafe es el iniciado. No hay duda de que te elegirá. Por fin podrás pasar por las pruebas y obtener todo lo que siempre se le negó a tu madre. Serás la que nunca vieron venir, y al fin podrás reclamar lo que te correspondía por nacimiento.

—Pero él... —comencé, pero ella me interrumpió.

—Es Rafe. Cuando te vea, recapacitará y verá la increíble mujer que está frente a él. No te preocupes, cariño. Tu hora por fin ha llegado.

Con la salvedad de que se había equivocado, pues Rafe me había vuelto a rechazar. Y bien que estuve a la altura del legado de mi madre, así como el de mamá H. Era otra más en una larga e insigne fila de perdedoras.

Que se vayan a la mierda. A la mierda este sistema patriarcal. ¡Que se vayan todos a la mierda!

Volví a ver a Rafe una última vez con la bella que había elegido antes que a mí, y empecé a dirigirme a pisotones hacia la salida. Pero antes de que pudiera dar un paso adelante, la muchacha de amarillo que estaba frente a Rafe se derrumbó.

Y con eso me refiero a que cayó al piso como si fuera una roca.

Las otras mujeres ahogaron un grito, y algunas chillaron. Un par de hombres dieron un paso al frente, bastante tranquilos considerando la situación, y la cogieron por los brazos.

—Otra más —se mofó un hombre desde el fondo del grupo de hombres, y hubo algunas risas.

—No ha pasado en un par de años —dijo otro.

—¿Se encuentra bien? —preguntó Rafe con los ojos

bien abiertos, y extendió una mano inútilmente hacia la mujer que ya estaban arrastrando. Se encontraba pestañeando y mirando a todos lados cuando los ancianos la sacaron del salón, todo mientras su vestido de seda se deslizaba fácilmente por el piso de mármol.

—Solo se desmayó —dijo uno de los ancianos, dando un paso al frente—. De vez en cuando sucede. Has elegido mal.

Rafe miró a su alrededor como un ciervo que se ha dado cuenta que está en el punto de mira.

—¿Qué quiere decir eso? ¿Qué pasa ahora? —Tragó con fuerza—. ¿Se acabó antes de que empezara?

El anciano hizo una pausa y miró a Rafe con seriedad. El hombre me resultaba familiar, pero no podía situarlo. ¿Era el padre de alguno de los amigso de Rafe? De vez en cuando me encontraba con las familias de los más poderosos gracias a mi asociación con Rafe y sus amigos, pero aquello no significaba que me hubiera memorizado sus rostros.

Ah, ¿por qué seguía aquí de pie? Esto era una mierda, y siendo honesta, ya no era asunto mío. Estaba a punto de continuar con mi trayecto hacia la puerta y hacia una botella de tequila para poder olvidar que esta estúpida noche había ocurrido, cuando repentinamente oí mi nombre.

—Has elegido mal, así que ahora elegiremos a tu bella por ti y tendrás una última oportunidad de aprobar tu iniciación. Fallon Perry será tu bella.

Casi me ahogué al mismo tiempo que me daba la vuelta para mirar al grupo que estaba reunido al otro lado del salón. ¿Yo? ¿Cómo demonios conocían mi nombre? ¿Por qué me eligieron? ¿Había hecho algo mamá H? Pero no podría haber sabido que Rafe elegiría a la cobardica de amarillo, o que...

—Ella no —dijo Rafe, y las palabras salieron de su boca como un escopetazo intermitente—. Todas menos ella.

Habían dado en el blanco. Me asombré de verme en pie, y detestaba las lágrimas de mierda que se asomaban y me quemaban los ojos. Mi nariz ardía, y en ese momento odiaba a Rafe Jackson con todo mi corazón. No podía creer que... que yo hubiera creído que... sentía algo por él, que alguna vez...

—Es ella o nadie, y entonces habrás fallado —dijo el anciano sin piedad—. Ella, o sales de la Oleander esta noche deshonrosamente para no regresar.

Ahora era Rafe quien lucía como si le hubiera dado un perdigón. Me miró, y en sus ojos se reflejaba la desolación y confusión. Otro hombre se separó del grupo de hombres, la tela de su túnica de plata se movía fluidamente mientras atravesaba la sala para llegar hasta donde me encontraba yo. Solo pude quedarme mirando, en silencio e inmóvil por el asombro de todo lo que estaba ocurriendo. Fue solo cuando se acercó que me percaté de que conocía al hombre.

Era el padre de Rafe.

Apenas se detuvo cuando me alcanzó. Con un movimiento rápido, estiró la mano y tocó las perlas alrededor de mi cuello. En esa misma acción tiró de ellas con fuerza. La cuerda de seda se rompió y las perlas se dispersaron, rebotando y danzando, por el piso de mármol; el tintineante sonido era el único ruido en la sala que, por lo demás, se encontraba en silencio.

El padre de Rafe cogió el collar roto y fue hacia su hijo. Cuando se lo pasó a Rafe, él extendió su mano como acto reflejo.

—Esperemos que tomes mejores decisiones de ahora en adelante, hijo —dijo su padre con voz severa—. Estoy esperando que mi hijo mayor me traiga orgullo y no vergüenza.

—Está hecho —dijo el primer anciano—. La bella del iniciado ha sido elegida.

Entonces los bastones comenzaron a impactar contra el suelo nuevamente. Vaya. Parecía que, después de todo, no era una de las rechazadas.

Acababa de convertirme en una bella de la Orden del Fantasma de Plata.

CAPÍTULO 5

Rafe

Quería... no, necesitaba hablar con ella. Necesitaba un momento de privacidad para discutir lo que estaba a punto de ocurrir. ¿Ella lo sabía? ¿Sabía que se esperaba que lo hiciéramos esta noche? ¿Ahora mismo? ¿Sabía que los ancianos estarían en la habitación observando?

¿Cómo podría saberlo? Yo lo sabía solo porque Sully me había dicho que los rumores eran ciertos. Estaba listo para esto, o por lo menos lo mejor que podía estarlo. Me había preparado para ello. Pero no había manera de que Fallon estuviese lista. Debió haberse acobardado tal como lo hizo la bella vestida de amarillo. Debió haber huido por su propio bien.

Si pudiera tener un momento a solas con ella, quizás podría hacerla entrar en razón. Si se retiraba de esta prueba antes de que «consumáramos» la alianza, tal vez los ancianos elegirían a otra bella y yo no perdería la iniciación. Quizás aún había tiempo...

Pero cuando entramos a la habitación de invitados en el

segundo piso, supe en mi fuero interno que ya era tarde. Esto iba a pasar nos gustara o no.

La habitación era grande y tenía su propia chimenea. La cama con dosel de cuatro postes y tamaño extragrande apenas llenaba el enorme espacio. Había mucho espacio para una sala de estar con un pequeño sofá y dos sillones de respaldo alto que estaban situados frente a la chimenea hecha a mano. En la habitación había alfombras finamente tejidas, muebles de madera hechos a mano, libros coleccionables en una estantería personalizada y antigüedades que databan de la época de la guerra civil. La gran ventana con cortinas gruesas y lujosas daba a la piscina y los rosales de los extensos terrenos. La mansión Oleander era magnífica en verdad, tanto por dentro como por fuera.

Sin necesidad de que los ancianos lo dijeran, sabía que este sería nuestro hogar durante los próximos 109 días.

El primer golpe del bastón anunció que era hora de que comenzara la consumación. Mantos plateados, ojos voyeristas y retorcidos deseos sexuales miraban la cama vacía esperando...

Esperando a que folláramos.

Y aunque sabía que él estaba allí, me negaba a mirar a mi padre. No podía mirarlo. No podía concentrarme en el hecho de que estaba a punto de verme follar a mi mejor amiga de la infancia frente a una sala llena de espectadores.

Como si Fallon supiera que prolongar lo inevitable solo nos torturaría, se quitó sin miramientos el vestido violeta claro que llevaba, y también los tacones. Ni siquiera se dejó la ropa interior, sino que se desnudó completamente sin siquiera mirarme.

Una vez desnuda, alzó la vista y sus ojos se encontraron con los míos. ¿Me estaba desafiando?

Sí, su pequeño cuerpo emanaba desafío. Ella no retrasaría este proceso. Estaba lista. Lista para mí.

Ya que sabía que tenía que hacer mi parte para comenzar esta actuación enfermiza, le di la vuelta para que mirase a la cama y apoyé mi pecho en su espalda. No quería verla a los ojos. No podía permitir que Fallon Perry me mirara mientras la follaba.

Que los ancianos estuviesen haciendo fila para mirarnos era ya bastante enfermizo y retorcido, ¡en especial considerando que uno de ellos era mi maldito padre!

Pero Fallon... no quería mirar dentro de su alma. No podía. Ella se merecía algo mejor. No debería estar aquí.

Comenzó el golpeteo de los bastones y supe que no había vuelta atrás. Impacto tras impacto, me di cuenta de que no iban a detenerse. Joder... íbamos a tener una banda sonora espeluznante mientras follábamos. Cogí sus pechos en cada mano y presioné mi duro miembro en la abertura de su trasero. No debería estar rígido. No debería excitarme en lo más mínimo, pero Fallon estaba desnuda y mi pene tenía mente propia.

Rozándole oído con mis labios, le susurré:

—No tenemos que hacer esto. Si me dices que pare, lo haré.

No quería escuchar su respuesta, pero habría respetado sus deseos. Aquello significaría el final de la prueba y no quería fallar, pero, al mismo tiempo, ella no era una bella cualquiera; una desconocida. Esta mujer era demasiado especial como para forzarla a que bajara por esa oscura oscura madriguera. Y, además, lo más loco de toda esta situación era que quería acostarme con ella. Quería que mi miembro estuviera en lo más profundo de su cuerpo, independientemente de nuestras circunstancias. No estaba seguro de qué decía aquello sobre mí, pero mi palpitante pene hablaba alto y claro, y quería asegurarme de que Fallon también lo quisiera.

Estaba en medio de una situación infernal, debería estar centrándome en superar la iniciación y hacer que este polvo fuese lo más rápido posible, pero su atracción magnética era demasiado fuerte. Cuando se quitó el vestido justo en frente de todos sin una pizca de vergüenza en su rostro y me miró fugazmente con esos sensuales ojos impregnados de desafío, se acabaron los miramientos.

Después de todo, yo era un hombre vigoroso, así que, ¿qué se podía esperar? Fallon era la mujer más sensual que jamás había tenido el placer de ver completamente desnuda.

Rocé su garganta con mis labios y traté de ignorar que parecía estar asustada. Sus músculos estaban tensos y sus extremidades, rígidas. Pero mientras sujetaba su suave cuerpo, mi objetivo fue hacer que se relajara, que se volviera dócil, lánguida, porque no importaba la pesadilla en la que estuviéramos metidos, esta iba a ser la primera vez que teníamos sexo.

Nunca pensé que llegaría este día. Y aquí estaba.

—Solo hazlo. Termina con esto —dijo ladenado la cabeza, dándome mejor acceso para besar su cuello, lo cual no me atrevía a hacer.

El acto de un beso parecía demasiado íntimo. No podía hacerle el amor a Fallon delante de todos, follarla sí... No tenía otra opción. Pero estaba muy seguro de que no iba a ser cariñoso, delicado ni romántico mientras mi maldito padre y sus amiguetes ancianos observaban.

La incliné para que sus manos descansaran sobre el colchón y me preparé para lo que vendría después. Masajeé sus pechos con mis dedos y mi miembro palpitó aún más cuando Fallon gimió silenciosamente de placer. Su leve quejido lujurioso hizo que mi pene se apretase en mis pantalones, suplicando ser saciado.

—Hazlo —ronroneó ella mientras estiraba la mano, agarrando mi muslo y acercándome aún más a su culo con forma perfecta.

Bajé mi mano para no tocarle los pezones, pasé mi dedo por su firme vientre hasta el monte de su sexo, y lo acaricié mientras casi gruñía en su oído. Al encontrar su clítoris, lo presioné ligeramente y moví mi dedo en forma circular y con suavidad.

Me encantó oírla quedarse sin aliento y me fascinó que fuese evidente que disfrutaba de mi roce y que incluso quería más, pues se estaba frotando con mi mano. Sabía que, haciendo esto, podía lograr que se corriera si quería tomarme más tiempo, cuando no todos los ojos estuviesen sobre nosotros. Tal vez lo dejaría para otro día.

Me desabroché los pantalones con una mano y me sujeté el miembro con la otra; entonces guie mi pene entre los pliegues de su sexo y me zambullí en su terso calor pausadamente para que ella se adaptara a mi grosor.

Me desconecté de lo que sucedía a mis alrededores y comencé a empujar y retroceder. Sentía que las paredes de su sexo se contraían con fuerza a mi alrededor mientras lo hacía.

Estaba dentro de ella. Estaba follando a Fallon... y se sentía tan bien. Tan correcto, joder. Ella se aferró a mi mano, que aún descansaba sobre su sexo, y gimió suavemente.

—Rafe —dijo entre jadeos, apenas más audible que un susurro.

El sonido de placer que se escapaba de sus labios me cautivó por completo, lo cual era impresionante, teniendo en cuenta que no estábamos solos. La pasión aumentaba con cada movimiento y sentí el orgasmo inminente. Una parte de mí quería terminar esto y acabar con la noche, pero otra parte más fuerte y controladora quería hacer que esta sensación durara un poco más.

Quería reclamarla con más fuerza. Fallon finalmente era mía, y después de esta noche no habría duda de ello. No podríamos retroceder en el tiempo después de esto. No podríamos volver a ser amigos y ya. Mi pene estaba en lo más profundo de ella, y mientras apoyaba mis testículos en su firme culo, supe que habíamos franqueado la línea de la posesión.

Ella era mía. En verdad era mi Fallon ahora. Era un deseo animal, primitivo. Pero no pude luchar contra el impulso carnal de follarla más de lo planeado. No quería abandonar el estrecho calor de su sexo.

Como si estuviéramos conectados mental y no solo físicamente, Fallon empujó su trasero con fuerza hacia mi pelvis, haciendo que entrara más en ella. Su simple gesto me dijo en silencio que no quería que lo hiciéramos lenta y delicadamente, sino que quería que la follara con fuerza, tal como yo quería, también.

Ella soltó un grito ahogado cuando la embestí con toda la fuerza que había estado conteniendo. Le agarré el oscuro cabello y tiré de él hasta que se volvió para mirarme. Sus ojos estaban vidriosos; su boca entreabierta mientras asentía con la cabeza al comprender lo que estaba por suceder, y de verdad pude sentir su sexo contrayéndose con mi miembro adentro. Era todo lo que necesitaba para empezar a follarla con furia.

Moví mi dedo, que aún descansaba sobre su clítoris, decidido a hacer que llegara al clímax conmigo. No iba a durar mucho más, pero esperé hasta oír sus repetidos gemidos de absoluto deseo convertirse en gritos orgásmicos. Los espasmos de las aterciopeladas paredes de su vagina fueron todo lo que mi pene necesitó para estallar dentro de ella.

Sacudidas eléctricas de placer recorrieron cada una de las venas de mi cuerpo. Nunca en toda mi vida había experimentado algo tan erótico, tan tentador y tan endemoniadamente increíble como Fallon Perry.

Quería follarla de nuevo. Una y otra vez. Solo quería hacerla mía por siempre y para siempre hasta consumirme.

Fallon tuvo que apartarse para convencerme de que no acababa de morir o de tener una experiencia extracorpórea. Cada tramo de piel en mi cuerpo vibraba de euforia. Esta mujer había cautivado no solo mi cuerpo, sino todo mi ser. Sin embargo, al sentirla temblar, la realidad se hizo presente: me di cuenta de que tenía la piel de gallina mientras le acariciaba la espalda. Estaba desnuda. Vulnerable ante los ojos de los Ancianos.

Los bastones empezaron a impactar con fuerza el suelo, y lo que había sido un momento de pura felicidad volvió a ser repentinamente un infierno lleno de demonios con mantos plateados a mi alrededor.

Los ancianos salieron de la sala haciendo un último impacto de los bastones. Ahora iba a comenzar la verdadera prueba; estábamos solos para enfrentar juntos a nuestros demonios.

Sin decir ni una sola palabra, subí las sábanas y luego la llevé a la cama para dormir.

Había tanto que quería decir, tanto que quería discutir. Necesitábamos idear un plan. Necesitábamos hablar sobre el hecho de que acabábamos de tener sexo y de lo que aquello significaba. Diablos, teníamos que ponernos al día después de tantos años separados.

Pero no esta noche. Habíamos tenido suficiente por una noche.

Como si no estuviera haciendo otra cosa que arropar a una novia para irnos a dormir, la cubrí y la vi cerrar los ojos.

Sí, teníamos que cerrar los ojos y tal vez... solo tal vez... cuando los abriéramos de nuevo, todo habría terminado.

Pero cuando me desnudé y me metí en la cama junto a ella, no pude resistir. Tenía que hacerlo. Tuve que apartar un mechón de cabello negro que le cubría la cara y colocárselo detrás de la oreja, como siempre lo había hecho cuando éramos jóvenes.

Ella abrió los ojos, y ambos nos quedamos mirándonos a los ojos.

CAPÍTULO 6

Fallon

Cuando desperté me encontré con sus ojos. Nuestras miradas se conectaron, tal como pasó anoche, después de que él hubiera... Después de que nosotros hubiéramos...

Mi corazón todavía latía con mucha fuerza y su semen se derramaba de mi interior. Incluso ahora, un día después de aquello, el recuerdo de su cuerpo dentro del mío después de todos estos años... Solamente el recuerdo era tan visceral que era como si aún estuviera sucediendo.

Me estremecí de nuevo y salté de la cama, horrorizada.

—Fallon, ¿podemos...? —comenzó a decir, pero hui al baño y cerré la puerta a mis espaldas antes de que pudiera escuchar el resto de esa oración.

No. No, no podíamos. Me cubrí la cara con las manos y luego las bajé. Mierda, mierda. Por fin había tenido sexo con Rafe Jackson, y había sido... Cielos, es que había sido...

Vislumbré a la falsa mujer en el espejo que estaba al otro lado del tocador. Parecía conmocionada.

El sexo con Rafe había sido de otro mundo. Quiero decir,

siempre sospeché que lo sería, pero haberlo confirmado al fin, en el peor momento posible...

Cerré los ojos con fuerza, pero eso no ayudó en nada, pues solo recordaba cada roce y caricia de su cuerpo junto al mío, el mechón de pelo que me metió detrás de la oreja al terminar, como solía hacerlo cuando éramos niños. El pasado y el presente se difuminaron e hicieron que mi corazón se abriera de par en par, lleno de esperanza y agonía.

Abrí los ojos de golpe cuando aquel pensamiento me cruzó. No. Dios mío, no. ¿Cuántas veces podría una chica sacrificar su corazón por un muchacho? No era para eso que estaba aquí. Estaba aquí para obtener lo que me debían.

Asentí con decisión y luego caminé a zancadas hacia la ducha, ajustando el agua lo más caliente que pude. Me borraría a ese hombre de mi piel y de mi interior de una vez por todas.

Media hora más tarde, nos encontrábamos sentados en una mesa ridículamente larga y elegante. Yo estaba en un extremo mientras que Rafe, en el otro, estaba a unos tres metros y medio de distancia. Esta distribución de asientos me quedaba como anillo al dedo. Era mucho más fácil ignorarlo si no estaba justo enfrente de mi cara.

No le había dado muchas oportunidades de decirme nada luego de salir de la ducha y vestirme, a pesar de que lo había intentado. Pero había pasado la mayor parte de la última media hora en la ducha y luego salí disparada justo a tiempo para el desayuno.

Me di cuenta de que Rafe estaba furioso y tenía muchas cosas que decirme, de una manera muy suya. Tenía una terrible cara inexpresiva. Era evidente que quería desahogarse, pero, sinceramente, yo no estaba de humor para ello. La ducha me había ayudado a afianzar mi decisión: estaba aquí para cumplir una misión, y ni Rafe Jackson ni nadie más me detendría. Yo era una mujer con un plan.

—Esto es ridículo. —Rafe finalmente tiró sus cubiertos, los cuales hicieron un fuerte ruido metálico que pude oír desde la distancia—. Tenemos que hablar. Me niego a quedarme sentado aquí y gritar desde el otro lado de la mesa.

Seguí comiendo mi tortilla. Cualquier cosa que hiciera o no, francamente, no era problema mío.

—Fallon. Fallon, ¿puedes oírme? —dijo más fuerte.

Seguí ignorándolo. El cocinero de aquí era excelente. Cuando mamá H viniera a recoger nuestros platos, tendría que decirle que lo felicitara de mi parte. La tortilla estaba deliciosa, y tenía una especie de fino queso blanco en el medio. No era nada como las lonchas de queso Kraft que de pequeña usaba para las mías cuando mamá trabajaba turnos extra porque la familia de Rafe había organizado alguna fiesta y necesitaban que ella limpiara todo al terminar.

Una vez, cuando describió la fiesta elegante que habían tenido y toda la comida fina que había, le pregunté si podía llevarse las sobras a casa la próxima vez. Su rostro se ensombreció y se apresuró a explicar que la señora Jackson prefería tirar las sobras que permitir que el «servicio» se llevara las sobras a casa, pues pensaba que eso los desincentivaría para servir igual de bien, o que tal vez retendrían parte de la comida si sabían que podrían llevarse a casa el sobrante.

Apuñalé el siguiente bocado de tortilla con un poco más de fuerza de la necesaria.

—Suficiente —dijo Rafe levantándose, abandonando su desayuno y avanzando hacia mi extremo de la mesa. Se cernió sobre mí y miró hacia abajo.

—¿Vamos a hablar de lo de anoche? —exigió.

Ah, en verdad se había alterado. Era bueno saber que algunas cosas nunca cambiaban. Rafe nunca pudo aguantar mucho cuando estaba molesto por algo. Tenía que estallar de una forma u otra, y debido a su oprimida familia de mierda, eso por lo general significaba que se descargaba conmigo: jugaba rudo cuando éramos niños, después salíamos a conducir a toda velocidad, y se quedaba despierto hasta tarde conmigo, la chica gótica de la ciudad que todos los demás rechazaban.

Durante mucho tiempo, pensé que eso era todo lo que yo era; que pasar el rato conmigo era un gran dedo medio para sus padres y su única rebelión persistente. O más bien, como todo lo demás, un grito desesperado de atención para su estirada familia. En especial para su madre, quien lo ignoraba por completo a favor de su supuesto hermano estrella, Timothy, el niño de sus ojos.

Pero luego Timothy murió y su querida madre por fin volvió los ojos hacia el olvidado Rafe, así que, naturalmente, ya no me necesitaba. En realidad, siempre había sido tan desechable como las sobras de sus fiestas. Me había usado como su familia usó a mi madre, pero al menos a ella le habían pagado.

¿Qué había ganado con eso? Un corazón roto y un boleto para irme de la ciudad en el primer autobús que saliera cortesía de su madre, quien sintió que su nuevo niñito adorado no necesitaba más distracciones, o al menos no tan zafias como la indeseable hija bastarda del servicio que parecía la hija rechazada de Marilyn Manson y Ozzy Osbourne. Estaba segura de que Rafe recibió toda una flota nueva de autos deportivos para que pudiera conducirlos a toda pastilla. A mamá Jackson le encantaba malcriar a sus hijos favoritos.

Ciertamente no usó ninguno de ellos para buscarme, a pesar de que le envié muchos correos electrónicos en mis momentos más débiles. Recé por haber malentendido las cosas, por que solo hubiera sido el dolor por su hermano perdido lo que lo había hecho mantenerse en silencio, y anhelé incluso unas palabras suyas, aunque estas fueran un «ahora no» o un «necesito tiempo».

Pero esas palabras nunca llegaron. Solo hubo silencio.

—¿Por qué diablos estás aquí? —continuó Rafe. Había fuego en sus ojos. Estaba furioso conmigo.

Quise reírme. Después de todo este tiempo, después de haber tenido sexo por primera vez, ¿eran esas las primeras palabras que salieron de su boca?

—¿Estás loca? —explotó. Estaba tan enfadado que su hermoso rostro tenía esas manchas rojizas en los pómulos que siempre encontré tan irresistiblemente sensuales cuando éramos adolescentes—. ¿Sabes siquiera en lo que te estás metiendo? ¡No tienes idea!

Pero luego luché para ignorar la neblina de su sensualidad y la cercanía de su calor corporal, que me estaba haciendo sentir cosas, con el fin de poder concentrarme en sus palabras. Lo cual fue un error, o tal vez mi gracia redentora, ya que cada palabra que salía de su boca solo me cabreaba más.

—¿Que estoy loca? ¿Que estoy loca? —Mi voz se hizo una octava más aguda. Empujé mi silla hacia atrás y me puse de pie para que ya no pudiera cernirse sobre mí ni mirarme por debajo de su estúpida y linda nariz.

Lo miré.

—Sé que esto puede parecer incomprensible para tu

cerebro de mosquito, pero soy una mujer adulta que conoce su propia mente. Sí, sé para qué estoy aquí. Sí, sé en lo que me estoy metiendo. —Eché un vistazo alrededor de la sala, vi las tablas del suelo y el papel tapiz resistentes, envejecidos y manchados, y pensé en que mi propia madre pudo haber caminado una vez en esta misma sala.

Volví a fijar la vista en Rafe.

—Tu familia me oprimió toda mi puta vida. No voy a permitir que ningún Jackson me diga lo que puedo o no puedo hacer nunca más.

Rafe arrugó la frente, como si estuviera confundido.

—¿De qué estás hablando?

Dios mío, los hombres pueden llegar a ser tan obtusos. Si no podía atar los cabos, yo no se lo iba a explicar. Le puse un dedo frente al rostro.

—Estoy aquí para obtener lo que me deben, lo que me merezco, lo que se merece mi familia, y no me vas a detener.

Rafe simplemente negó con la cabeza.

—No sabes lo que estás diciendo. No sabes qué es este lugar...

Bufé al oír eso. Este lugar había utilizado y escupido a mi madre como una madre soltera pobre sin ningún tipo de apoyo, ¿y Rafe pensaba que no sabía qué era este lugar? Estaba bastante segura de que era él quien necesitaba estudiar la historia de Oleander y lo que realmente sucedía aquí. Pero no, eso habría requerido que en verdad escuchara, y tal vez, solo tal vez, estaría dispuesto a admitir que no era un maestro universal que lo sabía todo. Algo que estaba bastante segura de que nadie en su familia había hecho jamás. Así que no iba a emocionarme demasiado. Rafe me había demostrado hacía mucho tiempo que era un Jackson de cabo a rabo.

Rafe frunció el ceño. Ah, sí que lo estaba frustrando

ahora. Esa era la cara que ponía cuando no se salía con la suya y no le gustaba. Esto casi se hacía divertido.

—Fallon, detente, esto no es gracioso. No es como cuando de niños robábamos una barra de chocolate de la tienda de la esquina. No estoy bromeando. Esto es serio. No deberías estar aquí.

«No deberías estar aquí». Fue una daga al corazón, porque, por supuesto, habría preferido follar con otra mujer anoche. La delicada rubia que se desmaya.

Que se vaya a la mierda. Que se vaya a la mierda Rafe Jackson, que todavía tenía alguna habilidad para hacerme daño. Sentí que alzaba las cejas hasta la parte superior de mi cabeza y me acerqué a su rostro.

—No, Rafe, tienes razón. No es gracioso que creas que puedes decirme qué hacer. En absoluto.

Resopló por la nariz como un toro enojado y el color rojizo en sus mejillas se volvió aún más intenso.

—Ni siquiera estás intentando escucharme. Estoy tratando de protegerte...

Cuando bufé en voz alta sus mejillas se enrojecieron aún más, aunque en verdad no hubiera pensado que eso fuese posible en este momento. A este ritmo, iba a prenderse en fuego en cualquier segundo. Aun así, no pude resistirme a provocar a la bestia.

—Dios me libre de la «protección» de cualquiera con el apellido Jackson. He visto cómo los de tu especie protegen: tú solo proteges a los tuyos, incluso si para el mundo parece caridad. Yo sé la verdad.

Como darle a la hija de la pobre ama de llaves una «beca» para el instituto porque el padre de Rafe se sintió culpable de no haber elegido a su madre durante la iniciación. En cambio, la condenó a una vida no tan pobre, todo por el privilegio de limpiar el desorden de su esposa y él por el resto de la vida de mamá. Lo mínimo que podía hacer era ofrecerle a su hija, una bastarda engendrada por algún conocido o amigo suyo desconocido, una educación.

Era eso o la madre de Rafe estaba aterrorizada de que mi madre dijese lo que sabía sobre el padre de Rafe y lo que sucedió en la Oleander. Mamá H teorizó que, si la señora Jackson se hubiera podido salir con la suya, nos habría atropellado en los rieles en el momento en que se enteró. Pero el padre de Rafe se puso firme y a ella se le ocurrió la idea de pagar mi educación como una forma de presionar y silenciar a mamá.

Hasta que murió Timothy. Entonces, aparentemente, al señor Jackson dejó de importarle una mierda todo. Y la señora Jackson se deshizo de mí como siempre había querido.

Rafe se apartó de mí, desconcertado.

—¿De qué estás hablando?

Ahora sí que tenía muchas ganas de reírme. ¿No lo sabía? Me había atormentado el preguntarme si él había estado involucrado, si alguna vez se lo habían dicho, si sabía que sus propios padres estaban pagando por la educación de su «mejor amiga» como una forma insidiosa de manipulación. Después de todo, ¿quién podría culparlos por un acto tan generoso? Si alguien lo supiera, pensaría que debería cerrar la boca y estar agradecida.

Mi madre ciertamente no los culpaba, pues estaba desesperada por que yo tuviera una vida mejor que ella. Quería cosas más importantes para su hija que la punta de un trapeador y una pala.

«Mira lo lejos que he llegado, mamá», pensé con sarcasmo. «Estoy de vuelta a donde comenzaste. Pero lo haré bien esta vez. Voy a ganarme todo lo que te deben».

—¿Cómo estuvo el desayuno? —La alegre voz de mamá

H interrumpió nuestro tenso enfrentamiento—. ¿Les ha gustado el omel...? —Se calló a mitad de la palabra cuando vio nuestras posiciones, en la cara del otro, evidentemente crispados y molestos a la vez.

Dejó escapar un largo suspiro y luego dejó la cajita con un lazo negro que había estado sosteniendo entre manos. Se puso las manos en las caderas y silbó, tan fuerte que sentí como si me estuviese perforando los tímpanos. Hice una mueca y me tapé los oídos. Ella me hizo un gesto para que bajara las manos.

—Basta ya. Cualquier disputa amorosa que estén teniendo puede esperar.

No esperó a que yo objetara que no había interrumpido ninguna pelea amorosa, pero ya había tomado impulso con sus palabras:

—Ustedes dos, suficiente de esto —nos reprendió como si todavía fuéramos niños pequeños—. Tú. —Señaló a Rafe —. Toma asiento. —Luego me señaló a mí con su dedo acusador—. Tú también. Siéntate.

Obedecí. Cuando mamá H ponía esa voz, había que sentarse y callarse. Tenía sentido común, y aparentemente también Rafe, pues hizo lo mismo que yo. Ambos habíamos sentido la ira de la señora H muchas, muchas veces cuando éramos niños.

—Sí, señora —dijo Rafe. Me las arreglé para no decir «sí, señora» también, pero solo mordiéndome el labio inferior. Mis manos seguían descansando obedientemente en mi regazo. No llamaba a mamá H «mamá» sin ninguna razón. Cuando ponía ese tono de voz, le infundía el temor de Dios a cualquiera.

—Ahora me van a escuchar, ¿de acuerdo? Ustedes dos se van a necesitar el uno al otro, y yo no quiero seguir viendo estas tonterías. Rafe. —Arqueó una ceja fulminantemente, pero, aunque no estuviese dirigida a mí, me encogí de miedo en mi asiento—. Puede que no hayas querido que Fallon pasara por estas pruebas contigo, y entiendo que quieres protegerla. Quieres protegerlos a todos. Pero algún día tendrás que crecer y darte cuenta de que una mujer como Fallon puede cuidarse sola.

Ja. Miré a Rafe y apenas me contuve de sacar la lengua. Ahí tienes, Rafe Jackson. Hasta mamá H estaba de mi lado.

—Pero tú no vayas por ahí con tanta arrogancia y petulancia, muchacha —continuó mamá H, apuntándome con su mirada láser.

Me recosté y erguí los hombros, sintiéndome como un insecto debajo de una lupa. Ah, joder, ¿por qué tenía la sensación de que me tocaba ahora?

—Sí, sé que estar aquí no es color de rosa, pero nunca iba a serlo, y te engañabas a ti misma si pensabas que sí. Traté de prepararte, pero no hay forma de saber cómo te pondrán a prueba hasta que pisas este techo y sientes la presión de estas paredes. Llevan secretos y sueños que ni siquiera puedes imaginar.

Nos meneó su curveado dedo índice.

—La única forma en que tienen la esperanza de sobrevivir, y en especial prosperar en estas pruebas que medirán su temple, voluntad y alma misma, es si trabajan juntos y se apoyan el uno en el otro. Entonces tendrán una oportunidad, y me refiero solo a una oportunidad, de pasar estas pruebas. Nunca sabrán qué les van a lanzar. Ni siquiera yo sé lo que ocurrirá, pero sí sé que las únicas parejas que lo logran son las que abandonan sus egos y se aferran el uno al otro para fortalecerse.

Rafe movió la cabeza hacia arriba y hacia abajo.

—Sí, señora. Mejoraremos. —Me miró y frunció el ceño

con sinceridad mientras se acercaba y me cogía de la mano
—. Mejoraré. Lo siento, Fallon. Te juro que mejoraré.

Vamos, ¿qué diablos se suponía que debía hacer si se
portaba tan dulce? Quería seguir enfadada con él. Eso era
mucho más fácil de entender y categorizar. Un Rafe dulce y
sensible solo me complicaba los pensamientos.

Pero no era tan tonta como para no prestar atención a la
advertencia y el consejo de mamá H. Entonces, renuente, le
devolví el apretón a la mano de Rafe. No significaba nada.
Trabajaría con él en lugar de contra él. Teníamos objetivos
comunes, eso era todo. No es como si estuviera de acuerdo
en casarme con el hombre. Solo trabajaría con él ya que era
el único socio que tenía.

Estaba siendo estrictamente práctica.

Una imagen fugaz del cuerpo desnudo de Rafe embistiéndome anoche se reprodujo repentinamente en mi
cabeza. Ja, práctica. Sí, eso era todo. Mi deseo de trabajar
con él en lugar de contra él no tenía nada que ver con el
hecho de que posiblemente significaba que estaría debajo
de él de nuevo y lo sentiría dentro de mí una y otra y otra
vez, si lo que había escuchado sobre estas pruebas era míni-
mamente cierto.

Entonces, le apreté la mano a Rafe y arqueé una ceja.

—Cuentas conmigo si yo cuento contigo.

Rafe respiró hondo y su gran pecho se expandió. Pero
luego resopló fuerte y asintió.

—Vale. Cuenta conmigo. Tú, Fallon Perry, eres mi bella.

Y luego, en voz queda mientras mamá H nos sonreía, no
me pasó desapercibido su siguiente murmullo:

—Dios se apiade de nosotros.

CAPÍTULO 7

Rafe

—Ay, muerte, ay muerte, ay muerte —recitó un anciano cuando salimos al enorme pórtico envolvente de la mansión Oleander.

Habían encendido velas, que se aunaron a la luz ardiente que ofrecían las linternas de gas que pendían. Botellas de vidrio de varios colores colgaban del tejadillo, y no sería un verdadero sureño si no supiera que su propósito era ahuyentar los espíritus de la noche. Las luciérnagas destellaban en el denso y pegajoso aire nocturno. Una lechuza ululó en la distancia como si me advirtiera que corriera lo más rápido que pudiera para alejarme de lo que ocurriría esta noche.

Los ancianos, que vestían sus mantos plateados, se alinearon cerca de la amplia entrada y los demás miembros nos rodearon. Tanto Fallon como yo esperamos lo que vendría después con gran expectación.

El anciano continuó con su cántico:

—Les pedimos a los espíritus errantes que abandonen la Oleander. Pasen al otro lado y no entren en nuestra morada.

Vi a los ancianos levantar sus manos hacia el pórtico cubierto bajo el que estaban y señalar la estructura arqueada.

—Pintamos nuestra entrada de azul para ahuyentar a los espíritus. Pero esta noche, ya que estamos seguros de que hay un fantasma en particular que nos persigue, ofrecemos a la bella que se cubra de azul verdoso. Esta es nuestra oferta para ustedes. —El anciano habló como si estuviéramos rodeados por nuestros antepasados fallecidos y todos estuvieran escuchando.

Un escalofrío me recorrió y entonces traté de alcanzar la mano de Fallon, pero ella se apartó. Me percaté de las latas de pintura que rodeaban a los ancianos y traté de descifrar exactamente qué estaba a punto de ocurrir. La entrada ya estaba pintada de azul verdoso y lo había estado durante siglos, como era tradición, entonces, ¿por qué la pintura? ¿Y por qué tanta?

—Fallon Perry, debes quedarte de pie debajo del pórtico azul para ayudarnos a ahuyentar el espíritu del hermano mayor de Rafe. Él está aquí. Su espectro está presente provocándonos, y nuestro trabajo es ahuyentarlo. Pintaremos cada centímetro de tu cuerpo de azul con nuestras manos. Las manos de todos los hombres actuarán como una.

Aquellas palabras fueron como un puñetazo en el estómago. La rabia me invadió. Mi hermano... ¡No podían hablar de mi hermano! ¿Cómo se atrevían? ¿Cómo se atrevían, joder?

Mi furia se paró en seco cuando Fallon comenzó a dar un paso al frente.

—De ninguna manera —dije en voz baja, agarrándola del brazo y tirando de ella con hosquedad.

Fallon contuvo el aliento, pero se zafó de mi mano con violencia y avanzó.

—Yo me encargo. No te atrevas a arruinarlo.

—No eres una puta —siseé—. No debes dejar que te toquen. No eres una puta, joder.

Se volvió hacia mí y me fulminó con la mirada.

—¡Exactamente!

Caminó hacia la entrada junto a la puerta principal y se quedó de pie con el mentón en alto y los hombros derechos. Estaba desnuda, y la luz de las linternas de gas se reflejaban en su tersa piel. Yo cerré los ojos por un segundo y me pregunté si podría ignorar todo lo que estaba a punto de ocurrir. No quería ver esto. No podía verlo. No había forma de que pudiera quedarme como si nada y permitir que esos flácidos la tocaran.

Pero cuando abrí los ojos, la vi mirándome. Me decía en silencio que me quedara donde estaba.

—Que comience la prueba —anunció un anciano, golpeando con fuerza su bastón en el pórtico de madera—. ¡Ahuyenta a los espíritus!

Muchas latas de pintura estaban alineadas en el porche de forma atrayente y varios miembros de la Orden metieron la mano en el líquido azul, se acercaron a Fallon como si fuera un lienzo en blanco y empezaron a pintarla con sus caricias. Todas las manos la palparon, tocaron y mancharon su piel con sus pecados. Las manos cubiertas de pintura le dieron palmadas en el culo, dejando atrás huellas de manos azules. Algunos acariciaban su sexo; otros le frotaban los pechos como si no fuera más que una estatua.

Fallon permaneció en su lugar sin mostrar ninguna emoción. Estaba en blanco. Fijó sus ojos en los míos, y su rebeldía desafió mi rabia.

¿Cómo pudo? ¿Por qué haría algo así? ¿Y por qué me

estaba quedando aquí observando cómo estos hombres violaban su cuerpo con sus manos?

Avancé para detener todo esto y Fallon gritó «¡Quédate ahí!». Yo me quedé paralizado, pero los ancianos y los miembros siguieron mientras yo los miraba. La pintura goteaba de su cuerpo, su cabello estaba mojado y de color azul, y, sin embargo, parecía pálida mientras un hombre tras otro la marcaba como si no fuese nada más que una bella quebrada.

Miré a Montgomery en busca de ayuda, pero él se limitó a quedarse de pie con las manos limpias a sus costados. Tenía los ojos fijos en un sauce llorón en la lejanía, cerca del cementerio. Era como si en verdad pudiera ver a los espíritus de nuestros antepasados observándonos. Montgomery estaba aquí físicamente, pero su mente se había desconectado. Supongo que necesitaba aprender a hacer eso si quería pasar la iniciación.

Ignora el mal. Ahuyenta a los espíritus...

—Rafe Jackson —dijo uno de los ancianos, sacándome del azul infierno en el que me habían echado—. Tu trabajo es ahuyentar a Timothy Jackson. Esta es tu prueba esta noche. Debes hacerlo.

¿Y cómo diablos esperaban que hiciera eso? ¿Quedándome de pie viendo cómo todos los ricos hijos de puta del Sur violaban a mi antigua mejor amiga?

«A mi Fallon», pensé con una posesividad que me tomó por sorpresa. Era solo mía, pero ella no me dejaba ayudarla.

Bienes usados. Era así cómo consideraban los ancianos a esta bella que estaba frente a nosotros. Estaba cubierta de pintura azul; las huellas frescas cubrían las más viejas, que ya se estaban secando. Se limitaron a seguir adelante, a tocarla y dejar atrás esas invasoras marcas en la mujer que reclamaban como suya.

Fallon se quedó de pie estoicamente y soportó cada roce con sus orgullosos ojos clavados en los míos.

Pero finalmente... tuvo suficiente. Sus ojos me lo dijeron. Sus hombros caídos lo anunciaron. Ahora ella me necesitaba.

Ya era hora. Di un paso adelante y ella asintió, lo cual fue todo lo que necesitaba para acortar la distancia entre nosotros. La cogí por su brazo pintado de azul y la atraje hacia mí, apartándola de los dos últimos hombres que seguían tocándola. No la había perdonado por su acto desafiante, pero no iba a permitir que ningún otro hombre la tocara de nuevo hoy.

Yo también había tenido suficiente. Los Ancianos comenzaron a golpear sus bastones y entonces uno dijo:

—Reclama a la bella. Ahuyenta a los espectros reclamándola debajo del pórtico.

De pie y rígido, con la suavidad de su cuerpo entre mis brazos, me estremecí ante el roce de sus cálidos labios contra el costado de mi cuello.

—Haz que todo esto termine —susurró.

La suave caricia hizo que escalofríos recorrieran mi espina dorsal, ramificándose deliciosamente en mi pecho y en mi estómago, y luego extendiéndose rápidamente hacia mi miembro, que ya estaba duro.

Fallon se acercó a mí y sus suaves piernas me rozaron los pantalones, haciendo que quedasen manchados por siempre de azul. Apoyó sus pezones en mi pecho mientras sus ojos me miraban en una súplica silenciosa. Ya no podía soportar el abuso. No podía soportar el roce de sus manos, su trasgresión de la mujer que una vez fue, su reclamo de algo que no les pertenecía.

Cuando mi miembro reaccionó e hizo presión contra su muslo en respuesta a su deseo, sus labios se curvaron de forma seductora y soltó un quedo gemido gutural haciendo que la cálida exhalación colmara mi piel.

—Tócame. Solo quiero que tú me toques —confesó por fin con su voz sensual.

—Pensé que te ibas a encargar de esto. —Sonreí.

¿Qué necio no intervendría y haría exactamente lo que le habían pedido? Pero una parte de mí quería que pagara un poco más. O al menos que me suplicara ayuda. Me había forzado a quedarme allí a ver a esos cabrones haciéndole lo que querían, y luego me prohibió intervenir. Su obstinado orgullo casi me vuelve loco, ¿y ahora me deseaba?

Debería hacerla pagar. Debería...

Sus dedos se movieron a lo largo de mi estómago, pasando por encima de la dura superficie que se contrajo por toda respuesta. Ella bajó lentamente, dejando atrás mis tensos abdominales y mis sobresalientes huesos de la cadera hasta el sitio donde más añoraba su roce. Sin hacerme esperar mucho, me desabrochó los pantalones, los bajó lo más rápido que pudo y tomó mi pene, encerrándolo en su mano antes de separar sus gruesos labios salpicados de pintura.

Ignorando todo lo que estaba a mi alrededor lo mejor que pude, la sujeté por los hombros, sintiendo la humedad de la pintura cubriéndome los dedos, y la hice arrodillarse frente a mí.

No quería su mano, quería su boca, joder. Ella sacó la lengua y lamió la punta. Su ronco gemido de placer mientras lamía el extremo de mi pene demostró que estaba dispuesta a pagar su penitencia. Ella era mía, y era mejor que lo supiera. Y era hora de que todos los miembros de la Orden lo presenciaran por sí mismos. Esos cabrones podían tocarla todo lo que quisieran, pero al final, yo tendría mucho más que ellos. Yo y nadie más.

Entreabrió las pestañas y me miró con ojos oscuros y resplandecientes de deseo mientras una sonrisa se asomaba por las comisuras de su deliciosa boca rosada. El cabello empapado de pintura se le pegaba a la cara y a los hombros, y le caía por la espalda.

Mi cuerpo me impulsó a actuar, a poner fin a la tortura innecesaria de su provocación. Quería que me recibiera en lo más profundo de su boca y que me hiciera correrme mientras todos los espectadores miraban con envidia.

Cuando envolvió la cabeza de mi pene entre sus labios, su increíble calidez y el lento movimiento que hacía con la punta de su lengua se convirtieron en puro tormento. La incapacidad de controlar el impulso de ordenarle que los abriera más y me chupara con más fuerza era una señal de que me quedaba poca paciencia.

Toscamente, le sujeté el cabello con ambas manos, exprimiendo el exceso de pintura azul de sus mechones, y le exigí:

—Fóllame con tu boca.

Sin dudarlo en lo más mínimo, se metió ávidamente al menos la mitad de mi miembro con el siguiente movimiento de su boca mientras yo cerraba los ojos, deleitándome con la succión traviesa y el refugio cálido y húmedo que había creado.

—Más profundo —le ordené con un gruñido ronco, guiándola por el cabello—. Déjame follarte esa carita que tienes.

Mi necesidad animal de marcarla para demostrar que era mía venció el ambiente enfermizo y retorcido en el que estaba metido: en el pórtico de la mansión Oleander, rodeado de pintura azul verdosa, mientras mi antigua amiga de la infancia me hacía sexo oral.

¿Qué podía ser más retorcido que eso?

Un suspiro de placer escapó de mis labios cuando pasó mi pene por su lengua y lo introdujo casi hasta el fondo de su garganta. Tenerme por completo dentro de su boca sin sentir náuseas requería práctica, algo que con mucho gusto le ofrecería para ayudarla en el futuro.

Seguía necesitando más, así que enterré más mis dedos en su abundante cabello y marqué el ritmo a seguir: no tan rápido para hacer que llegara al orgasmo, pero sí con la suficiente velocidad y fricción para tenerme al límite. La observé con ojos entrecerrados por mi pasión en aumento mientras ella se movía hacia arriba y hacia abajo de manera constante y con poca orientación. Haría que se moviese más rápido cuando estuviese listo para más. Por el momento, quería saborear y deleitarme con su habilidad para dar placer oral.

Su rigurosa labor me aceleró el ritmo cardíaco, convirtiendo gradualmente mi deseo en lo que se iba gestando como el clímax más explosivo de mi vida. Para sumarle a mi placer, una de sus suaves manos bajó hasta mis pelotas y las acarició con las yemas de los dedos. El jugueteo intensificó mis sensaciones, pues cogía mis adoloridos testículos y los masajeaba. Su mano se movía en conjunto mientras seguía chupando; me lamía y rodeaba la sensible punta del pene con la lengua hasta que doblé la espalda por reflejo.

Cerca del final de mi capacidad de aguante, envolví las manos alrededor de su cabeza mientras embestía con mis caderas, logrando entrar más profundo en ella. Le follé la boca de la misma forma que hice anoche con su sexo, reclamando minuciosamente cada centímetro. Ella no se resistió, sino que abrió más la boca, aceptándome fervientemente. Sus dulces gemidos de placer resonaron en el aire, uniéndose a mis roncos y primitivos gruñidos.

—Tócate —le ordené, y la observé abrir las piernas y

obedecer como la niña traviesa y a la vez muy buena que era.

Sabía que los ancianos apreciarían esta señal de dominio y sumisión, pero esa no era la única razón de mi solicitud. Quería que alcanzara su orgasmo. Quería que, para ella, esta noche fuese placentera en lugar de una pesadilla. Siquiera por un momento, quería que pudiera escapar de esta guarida de víboras.

Miré hacia abajo y vi sus dedos extendidos moverse por encima de su vientre y desaparecer entre sus muslos. Pude imaginar el intenso calor de su sexo, la humedad en aumento mientras se estimulaba el clítoris con avidez. Pensar aquello me hizo tener más ganas de estallar. Embistiéndola más rápido, al mismo tiempo que pasaba mi pene por su codiciosa y absorbente lengua, caí precipitadamente hacia un clímax demoledor.

—Tócate y prepárate para correrte conmigo.

Su ahogado sonido de aprobación hizo eco en mi pene y ella comenzó a moverse con desenfreno, igualando el ritmo de mi cuerpo mientras me descargaba en su boca. Solté un gruñido de placer grave y retumbante. Le sostuve la cabeza con ambas manos mientras entraba más en su boca, recibiendo todo lo que ella me daba con tanto gusto. Entonces, cuando sus gemidos orgásmicos resonaron en mis oídos, mi cuerpo se tensó, liberando así mi semen en su garganta.

A medida que los espasmos me sacudían desde lo más profundo de mi interior, rugí de necesidad de follarla. Necesitaba su sexo, y lo necesitaba ya. Fallon había despertado mi apetito por más.

Los ancianos querían un espectáculo. Los ancianos querían ahuyentar a los espectros. ¿Y qué mejor manera que llenar este pórtico azul verdoso con botellas de vidrio que se balanceaban a nuestro alrededor? Con la lujuria voyerista de todos los hombres que estaban de pie con sus capas plateadas, les daría exactamente lo que querían, como un buen candidato.

Fallon esperó de rodillas, mirándome con los labios hinchados. Le solté el cabello y coloqué las manos a ambos lados de su cara mientras me acercaba a ella. Quería cubrir su cuerpo con el mío. Si me posicionaba por encima de ella, los ancianos solo podrían ver mi culo subiendo y bajando mientras la follaba. Ella sería mi secreto. Lo que probara, lo que tocara, lo que oliera y en lo que me zambullera, sería solo mío. Únicamente mío.

Y la miré. La miré como si pudiera comérmela entera. Fallon era mía, toda mía. Nunca la compartiría con nadie. Qué hermosa se veía pintada del color del agua, como si fuera una sirena emergiendo del mar. Qué hermoso era sentir su calidez y disposición contra mi muslo interior; mi propio deseo se hacía completamente evidente con mi rígido pene listo para más acción, pese a que mi cuerpo seguía recuperándose del alucinante sexo oral.

Extendió la mano para tocarme el rostro y luego apoyó su mano en mi pecho, sintiendo los fuertes latidos de mi corazón. Suspiró y cerró los ojos. Jamás pensé que su piel fuese tan cálida y suave al tacto, ni que su cabello oscuro que se esparcía a su alrededor se sintiese tan sedoso. Ya había fantaseado con Fallon en el pasado, pero nunca me podría haber imaginado lo increíble que sería.

Los bastones empezaron a hacer impacto contra la madera desgastada del pórtico, pidiendo más. Los ancianos estaban cansados de esperar. Querían acción tanto como mi pene la quería. Ya habíamos follado frente a ellos, y sin duda esta noche no sería la última. Pero para mí era diferente. La necesidad primordial de marcarla y señalar que era mía había consumido todos mis pensamientos y acciones desde que la primera mano llena de pintura tocó su cuerpo.

Los bastones continuaron.

No podría tumbarme sobre ella y proteger su cuerpo desnudo de sus ojos por demasiado tiempo, así que intervine; llevé mis dedos hasta su sexo y escuché su fuerte suspiro. Mirándola todavía, introduje un dedo dentro para asegurarme de que estuviera húmeda y preparada. Sin apartar mi mirada devoradora de su cuerpo, observé cada tramo de su rostro para asegurarme de que no estuviese muy avergonzada de que tuviéramos una audiencia completa cuando estaba a punto de follarla... de nuevo.

Pero Fallon estaba demasiado perdida en la misma lujuria y deseo que yo para sentir vergüenza. Podía sentirlo sin decir una sola palabra. Su único momento de timidez ocurrió cuando saqué mi dedo y recubrí su terso labio inferior con su propia esencia.

—Te voy a follar —susurré, aunque creo que el hecho era bastante evidente.

Su timidez se desvaneció mientras asentía y se humedecía los labios.

El calor renovado inflamaba mi cuerpo, el deseo iba cociéndose dentro de mí. Todo en mí se intensificó y cada uno de mis sentidos estaba convergiendo. Fallon gimió y arqueó la espalda mientras yo ponía mi boca en su pecho, lamiendo la cantidad limitada de piel que no estaba manchada de pintura azul. Mi boca y mis manos estaban por todas partes, besando, mordiendo, acariciando cada centímetro que no había sido tocado por otro.

Sus jadeos y movimientos me dijeron que estaba haciendo hervir su deseo, el cual ya estaba a punto de desbordarse con cada caricia, calcinado con cada beso;

pronto rogaría por más. Pronto gritaría mi nombre con deseo.

Sí, los ancianos la oirían exclamar mi nombre. No el de Timothy, sino el del segundo hijo. Iba a pedir que el segundo hijo la follara. No sería la pintura azul verdosa la que ahuyentaría el espíritu de mi hermano muerto, sino los gritos de la bella debajo de mí.

Esta prueba era mía. Esta bella era mía.

Cuando mis labios encontraron la curva de su cuello, ella abrió más los muslos a modo de invitación. Con la punta de mi pene todavía en la entrada de su pequeño y cerrado agujero, la miré fijamente a los ojos.

—Solo somos tú y yo. Solo somos nosotros —le susurré—. Ignóralos. Ignora todo.

Ella me abrazó y gritó en mi hombro mientras la embestía tan lentamente y con tanto cuidado que parecía que el tiempo se había detenido. Solo había placer, un profundo placer que irradiaba a medida que nuestros cuerpos se fusionaban en uno solo. Me besó el cuello mientras la penetraba más y más hondo. El mundo se convirtió en una estela distante que se reducía a nosotros en este intenso y erótico momento. La antorcha secreta que había llevado para ella durante tanto, tanto tiempo, se encendió dentro de un horno y todo lo que podía hacer era dejar que su calor ardiera mientras alcanzaba su punto máximo.

Y luego, por fin, Fallon gritó mi nombre, una y otra vez. Mi nombre. El mío. El placer me invadió y entré en erupción mientras gruñía y alcanzaba el clímax. Ella envolvió sus piernas a mi alrededor con más fuerza, sujetándome en su interior mientras ambos dejábamos que nuestros cuerpos recobraran el aliento. Quería saborear hasta el último segundo de este increíble momento antes de que nuestra realidad volviera a hacerse presente.

Ella me abrazó con fuerza. Me pasó las manos, con pesadez, a lo largo de la espalda y las subió hasta mi cabeza, pasando entonces sus dedos por mi cabello. Pude sentir los latidos de su corazón golpeteando al mismo tiempo que los míos, y me emocionó saber que ella también había sentido la intensidad que yo había experimentado.

Cuando oí el sonido de los bastones haciendo impacto contra las tablas de madera del pórtico, supe que los ancianos estaban satisfechos. Golpe tras golpe, la pesadilla iba regresando. La marea de maldad chocó contra nuestros cuerpos saciados.

Golpe tras golpe, los bastones hacían eco contra la madera.

Prueba completada.

Como no quería quedarme bajo su mirada vigilante por más tiempo, saqué mi pene rápidamente, cogí el cuerpo pintado de Fallon en brazos y me fui deprisa hacia el lago para quitarle la pintura de encima, dejando a los fantasmas de la Oleander atrapados en la entrada de color azul verdoso.

—¿Hemos pasado la prueba? —preguntó Fallon apoyando su rostro en el mío.

CAPÍTULO 8

Fallon

—Sí. —Su voz sonó grave cuando respondió—: Creo que la hemos pasado.

Me desplomé en su pecho.

—Gracias a Dios. —Él me estaba cargando en medio de la oscuridad. No estaba segura de adónde íbamos, pero tampoco me importaba.

Lo habíamos vuelto a hacer. Lo había sentido en mi interior, y resultó que la primera vez no fue solo una casualidad. Nunca había sentido nada como... El sexo no solía ser... A ver, Jeoffrey y yo nos acostábamos, pero no muy seguido, y nunca me había parecido muy especial el acto. No era mucho más que un deber que cumplir, algo que hacía una buena novia.

Pero Rafe me hacía sospechar que Jeoffrey y yo nunca lo habíamos estado haciendo de la manera correcta. Que siempre faltaba algún componente, un acto físico desprovisto de... bueno, conexión o intimidad.

Sin embargo, todo lo que Rafe tenía que hacer era

acercar cualquier parte de su piel a la mía, y entonces mi cuerpo se encendía de formas que ni siquiera sabía que fuesen posibles. Me sonrojé por el orgasmo que me había dado mientras estaba dentro de mí; otra cosa que había pensado que era un mito, junto con la intimidad durante el sexo. Las revistas decían que el sexo con penetración podía hacer que las mujeres tuvieran un orgasmo, pero yo pensaba que era más una fantasía que una realidad para la mayoría de las mujeres, o que algo andaba mal conmigo y que yo simplemente no funcionaba de esa forma.

Esto... Bueno, aparentemente había un hombre que sí podía hacer que me corriera así. Y, por supuesto, tenía que ser Rafe, porque Dios tenía un sentido del humor enfermizo.

Aun así, no podía dejar de aferrarme a su cuello. Si tan solo tuviera unos instantes más para abrazarlo de tan cerca, de sentir su pecho contra mi cuerpo mientras me cargaba... Suspiré, pues me habían quitado todas las ganas deluchar, y me derrumbé en su cuerpo. Por una vez en mi vida, dejé de luchar y me rendí.

Pero siempre fue así de fácil ceder ante Rafe. Siempre lo había sido. Él era la única persona a la que dejaba pasar por mis muros de concreto, y parecía que todavía conocía el camino, incluso después de todos estos años. Estaba segura de que me enfadaría muchísimo por ello en la mañana, pero por ahora... Dejé escapar otro suspiro satisfecho, liberando así todo el miedo, la ira y la angustia de que los demás me tocaran.

Finalmente, solo éramos Rafe y yo. Rafe, yo, un cielo iluminado por las estrellas, y seguidamente escuché el sonido del agua topándose contra la orilla. Habíamos llegado al lago.

Apoyé mi oreja en el pecho de Rafe, pues quería escuchar los latidos de su corazón. Quería sentir la vida latiendo en su interior antes de que me soltara; antes de que perdiera su calidez.

Le había ensuciado el esmoquin, pero no parecía importarle. Ni siquiera había dudado en cargarme. Una oleada de sentimientos me invadió simultáneamente. Eran emociones en conflicto. Una parte distante, en lo más profundo de mí, exclamaba que esto no era seguro; que solo me estaba abriendo para que él me lastimara de nuevo.

Pero escuchar esa voz significaba alejarme de él, y eso aún no podía hacerlo. Todavía no. Solo un rato más. Un rato más y entonces pensaría en todo lo demás. En todos mis motivos. Mis motivos me habían parecido muy importantes antes; motivos para mantenerme alejada de él, para protegerme siempre, para resguardarme como un soldado que va a la guerra. Si estaba siempre a la guardia entonces nadie podría lastimarme jamás; nunca se acercarían lo suficiente para apuñalarme en los sitios débiles. Cuando me dejaran, no me sentiría como si un enorme abismo que nadie más podría llenar se me hubiese abierto en el pecho.

Me sentí tan devastada cuando llegué al internado que la señora Jackson había pagado para mí a mediados de nuestro último año. Solo me quedaban un par de meses del instituto, pero ella no podía permitir que me quedara. Era demasiado peligroso. Yo era un desastre que ella tenía que prevenir. Pero después de que me esfumé del mundo de Rafe, mi vida continuó.

¿Alguna vez había pensado en mí? ¿Pensaba en cómo sería mi vida, en esos días interminables sin él?

El nuevo instituto había sido horrible. Miserable. Pensé que se suponía que California estaba llena de surfistas agradables y relajados y gente *hippie*. Bueno, tal vez sus padres sí lo habían sido y habían estudiado en Berkeley, pero eso no evitaba que sus hijos fueran pesadillas andantes. No estaban contentos de que una extraña chica gótica se presentase en su clase al final de su experiencia en el instituto. Fui una adición muy desagradable. No dudaron en hacerme saber sus sentimientos sobre la cuestión.

Pensaba que varias de las tonterías mezquinas que hacían eran el tipo de cosas que solo se veían en la tele. Algunos de los chicos arrojaron a otro estudiante becado al bote de la basura. Y es que lo metieron completamente boca abajo, con una de sus flacuchas piernas sobresaliendo. Luego volcaron el bote. No se habían fijado demasiado en mí hasta que corrí y lo ayudé. El chico no me dio las gracias, sino que se limitó a huir, y luego la ira de esos muchachos se enfocó en mí.

Pasé el resto de los tres meses con las palabras «zorra pobretona» pintadas en el interior de mi casillero, pues querían demostrar que tenían todo el poder, inclusive el de acceder a mis cosas. Finalmente paré de dejar cosas en mi casillero y simplemente cargaba todos mis libros conmigo todo el día. Me dolía la espalda al final de cada día, pero al menos así no podían meterse con mis cosas.

Sin embargo, no interactuar con ellos no mejoró la situación, pues solo hizo que encontraran nuevas formas de torturarme. Una chica en especial, Becca, me odiaba con ganas. Su padre era el presidente de la junta de gobernadores, el elegante nombre que tenían para la junta de dirección escolar, por lo que podía salirse con la suya en ese instituto y nadie diría nada.

Vació unas veinte tazas de pudín en mi casillero y cuando empezó a oler y a gotear, fui yo quien se metió en un lío. Había constantes comentarios sobre mi higiene, como si por el simple hecho de ser pobre, no debiera saber cómo ducharme con regularidad, aunque siempre estaba extremadamente consciente de ello.

Los chicos me tocaban en el pasillo cuando pasaban a mi lado y, a veces, se acercaban a mí en un grupo gigante del que no podía escapar. Uno de esos chicos era el novio de Becca, lo cual hacía que ella me castigara aún más por las casuales agresiones cotidianas de su novio.

Parte de mí pensaba, en quién tenía tanto tiempo para esas tonterías, pero Becca Whitley sí lo tenía. Lo disfrutaba a más no poder.

—Entonces... —acabó por fin Rafe con el silencio, y me dejó en el suelo. Instantáneamente odié el frío. Era lo bastante cálido para ser una noche de primavera, y aun así...

Todo lo que quería era estar de nuevo en sus brazos.

—Dios mío, Fallon, te he extrañado.

Oír su confesión hizo que me picara la nariz. No, no podía actuar así. No podía comportarse con tanta dulzura cuando mis defensas estaban por los suelos, pues la verdad era que estaban por el subsuelo. Después de lo de esta noche, luego de toda la energía emocional que me robó incluso el solo hecho de estar en este lugar, no podía aguantar más. No cuando estaba con Rafe.

Solo asentí con la cabeza y tragué saliva. No confiaba en mi voz y no estaba segura de haber podido admitir que lo extrañaba, aun en el caso de que mis cuerdas vocales funcionaran.

—Ven, vamos a limpiarte.

Asentí de nuevo. Podría sobrevivir esta noche si él no me pedía que dijera ninguna palabra humana de verdad. Me cogió de la mano y me arrastró hacia el lago. Estaba demasiado ocupada deleitándome con el sitio donde su piel hacía contacto con la mía para resistir. Incluso con la pintura cubriéndome, pude sentir un cosquilleo iluminándome como si tuviese una bengala en la mano.

El agua estaba fría, helada, a pesar de que sabía que estaba lejos de estarlo. Hacía buen tiempo, quizá veintiún grados. Rafe me metió al lago con delicadeza después de él. Él entró primero, como siempre le gustaba hacer para verificar que el fondo estuviese firme para mí.

Lo que no sabía era que el fondo siempre se sentía inestable cuando él estaba cerca. En especial ahora, considerando que solíamos...

—¿Recuerdas cuando solíamos hacer esto? —preguntó Rafe, haciendo eco del mismo pensamiento que había estado teniendo.

—Sí —me las arreglé para decir. ¿Pensó que podía olvidarlo? Solo habíamos ido al lago un par de veces. No a este lago en particular, sino uno a las afueras de Darlington.

Estaba apartado, en un campo adyacente a la extensión de terreno que tenía la familia de Rafe. Tuvimos que saltar una valla para llegar a él, pero la entrada ilegal solo hizo que nuestra emoción aumentara. Cada momento con Rafe fue como una aventura, como algo sacado de un libro de cuentos. Especialmente en la noche en que se quitó la camisa y luego corrió por el muelle para zambullirse en el lago. Desapareció debajo del agua, la cual se veía negra en la noche, pues la luna era lo único que estaba sobre nuestras cabezas. Se quedó dentro del agua por tanto tiempo que comencé a preocuparme.

Pero luego volvió a aparecer, con sus pantalones cortos en mano. Los arrojó al muelle y luego nadó hacia atrás, mofándose de mí.

—Te reto —fue todo lo que dijo. Entonces me sonrió con esa mueca traviesa y desenfadada que era tan típica de Rafe.

El chico del pasado y el hombre del presente se confundieron frente a mis ojos mientras Rafe se metía en el agua oscura. Había suficiente luz de las estrellas y la luna para ver cuando comenzó a quitarse el esmoquin. No volvió a tirar la ropa hacia el muelle, sino que las empujó para que se dirigieran hacia la orilla. Sonreí y me mordí el labio inferior. Mamá H le mataría por perder ese costoso traje si se llegaba a hundir al fondo del lago. No era que regañase demasiado a Rafe, pues siempre había sido uno de sus favoritos. Tenía un punto débil por los rechazados, y el secreto que pocos habían podido ver era que Rafe siempre fue tan rechazado como yo, sin importar cuántos amigos tuviera en el instituto.

Porque al final de cada día tenía que volver a ese lugar frío y hostil, en su casa, con esa familia, donde bien podría haber sido un espectro por la escasa atención que se le prestaba.

Nadó más cerca de mí, las gotas de agua bajaban por su pecho desnudo. El estómago se me encogió al ver esa imagen. Cielos, ¿tenía idea de lo que me había hecho? ¿Es que esto era intencional, o también estaba recordando los buenos tiempos?

Vacilé, no me había aventurado lejos de la costa, pero él me hizo señas para que entrara.

—Venga, tenemos que quitarte esa pintura.

Cierto. Habíamos venido al lago con un propósito claro. Probablemente no querían que la pintura azul se fuera por el desagüe a su sistema séptico. Después de todo, ¿y si manchaba la antigua bañera de porcelana? No podríamos permitir eso, ¿verdad?

Entré al agua deprisa, sintiéndome tonta por dudar tanto tiempo en la orilla. Era una tontería perderse en el pasado. Pensaba que lo había dejado atrás hacía mucho tiempo.

El agua fría me sorprendió al instante hasta despertarme por completo, haciendo que saliera de la neblina orgásmica de antes. Dios, esto era peligroso. Rafe podía elevarme tanto que no quería regresar a la realidad. Pero era algo que debía hacer, porque tenía un plan, un plan que era muy importante para conseguir todo lo que yo...

Nadó hacia mí una vez que el agua me llegaba al pecho.

—Te ayudaré.

Entonces, antes de que pudiera detenerlo, comenzó a frotarme la espalda, quitando la pintura de mi piel. Parte de ella estaba seca y descascarada, pero otra parte seguía húmeda. Al combinarse con el agua del lago, la pintura se convirtió en una especie de barro azul que cubrió las manos de Rafe a medida que continuaba lavándome.

De mi espalda pasó a posicionarse frente a mí, masajeando mi hombro mientras seguía con su tarea. Yo me quedé flotando, algo aturdida y moviendo las manos en el agua como si no pudiera tocar el fondo, a pesar de que seguía parada en tierra firme. El fondo arenoso del lago era solo un poco rocoso, así que pude ponerme de pie con facilidad.

Rafe deslizó su mano por la parte inferior de mi pecho y unas mil alarmas diferentes se dispararon por todo mi cuerpo. Eran alarmas de las buenas. Espasmos, una luz brillante y electricidad recorrían mi cuerpo de un lado a otro, moviéndose entre el lugar donde estaba su mano y directamente hasta mi sexo.

Me moví en el agua y por fin nadé lejos de él. Todo lo que quedaba era la pintura azul que cubría mi pecho y mi... mi...

Bajé la vista hacia el agua oscura, pero no pude verme. No pude ver mi sexo cubierto con la evidencia de sus caricias. Me las había arreglado para ser fuerte durante la prueba real, pero solo podía soportar hasta cierto punto.

Mientras me alejaba nadando, estiré las manos y comencé a lavarme. Cuando me sentí limpia —pues el agua helada ayudaba a crear aquella ilusión—, pasé a mis senos. Sin embargo, un diablillo se había sentado en mi hombro, ya que, en lugar de darle la espalda a Rafe, me di la vuelta para que pudiera verme. Bueno, lo que pudiera divisar en la oscuridad. ¿Qué tan bien se habían adaptado sus ojos? ¿Podría distinguir mi silueta o ni siquiera eso? Si podía ver mi silueta, ¿podría verme también acariciándome el pezón mientras me quitaba la pintura?

Por la forma en que se paralizó y sumergió en el lago de repente, como si se hubiera olvidado de agitar los brazos, pensé que tal vez podía verme o que tenía muy buena imaginación.

Yo sabía lo que debía hacer. Sabía lo que haría una mujer inteligente. Una mujer inteligente saldría a zancadas del lago, cogería algo para cubrirse incluso si solo fuera la chaqueta empapada que flotaba cerca de la orilla, y se iría a casa antes de provocar algún problema.

Eso fue lo que, con el tiempo, aprendí en el instituto: a ser inteligente. No involucrarme, ni intentar defenderme, ni perseguir lo que realmente quería; sino limitarme a sobrevivir. Mi historial anterior de sobresalientes altos se desplomó a un bien debido a la transferencia a mitad de curso. Cualquier persona pensante se habría dado cuenta de que era casi imposible ponerse al día con esas clases en tan poco tiempo. Cualquiera menos mi orientadora académica. Ella no hizo más que mirarme de reojo con una falsa expresión de empatía en los ojos mientras me decía que lo sentía, que no había nada que pudieran hacer para acomodarme o ayudarme, y sería mejor que trabajara más duro, porque ese instituto, según ella, tenía «más rigor académico» que el anterior, y por eso había tenido problemas para adaptarme.

No quiso escuchar ni una palabra sobre cómo la mejor amiga de Becca, Bree, me había arrebatado mi trabajo de Historia Universal y lo había echado a la basura después de que salí del salón, por lo cual casi reprobé la materia. Porque, por supuesto, el profesor no me creyó cuando le dije que sí que lo había entregado a tiempo. Después de eso, comencé a entregar mis trabajos directamente al profesor, pero no siempre servía. Como había dicho, el padre de Becca era el presidente de la junta, y lo que ella quería, lo tenía.

Cuando a Becca no le gustó que estuviese en su clase de inglés y que no siempre me inclinara o doblegara ante su presencia, el profesor se hizo consciente de ello. Ella causaba líos y se aseguraba de que fuera yo quien terminara mal parada, y mi calificación se vio resentida por ello. Ese profesor sabía en cuál bando posicionarse, y también sabía a quién mostrar favoritismo. Así que no importaba lo que entregara en esa clase, ya fuese la lectura multifacética de Cien años de soledad de Gabriel García Márquez en la que había trabajado todas las noches por dos semanas seguidas, siempre terminaba con una nota muy mala.

En aquel trabajo, la nota decía que era evidente que yo no había escrito el ensayo, por lo que me había reprobado. Cuando traté de apelar la calificación ante el director, él se ofendió y me acusó de intentar «engañarlos», y encima me castigaron.

—¿Qué hiciste después de que te fuiste? —preguntó Rafe a solo unos metros de mí—. Mamá dijo que recibiste una buena oferta para ir a un internado que te daría una ventaja para ingresar a una universidad prestigiosa, como siempre quisiste. ¿Fue todo lo que esperabas?

Me contuve a tiempo para no soltar un bufido.

—¿Eso es lo que te dijo tu madre?

Él me frunció el ceño, pero no hice más que fruncírselo yo también.

—Te lo conté en los correos electrónicos que te envié —le dije, retrocediendo un poco más en el lago.

En un correo electrónico particularmente vergonzoso, le había abierto mi corazón contándole lo terrible que era mi nueva escuela, lo malos que eran todos conmigo, y diciéndole que lo extrañaba con desesperación. Le había contado que haría lo que fuese para escuchar su voz, y le pedí que por favor me llamase. Dejé mi número de teléfono y luego me fui a dormir con el teléfono móvil cerca, y lo llevé a clase conmigo, aunque no estaba permitido, solo por la remota posibilidad de que por fin ese correo le llegara, sintiera lástima de mí y al menos me llamara.

Solo hubo un silencio perpetuo, ninguna llamada perdida. En un momento el profesor Collins me vio mirando el móvil y lo confiscó en un período de clase. Estaba devastada, y muy segura de que, por como iban las cosas en mi vida, aquella sería la única vez que Rafe me llamaría y me lo perdería por ese malvado cuarentón de mierda.

Pero no. Cuando por fin recuperé mi móvil después de otra detención y lo encendí fervientemente para verificar, no había ninguna llamada perdida. Como siempre. ¿Mis correos electrónicos significaban tan poco para Rafe que ni siquiera los recordaba? ¿Los había leído siquiera?

—¿Qué correos electrónicos? —preguntó Rafe, y mi indefenso corazón se contrajo de dolor.

Ni siquiera los recordaba. Me aparté de él y comencé a alejarme nadando. No me importaba el frío, ni lo exhausta que estaba. Solo necesitaba alejarme de él.

Su indiferencia casual siempre me lastimaba mucho. Como aquella noche, un mes antes de que perdiera a su hermano, cuando todo fue... Bueno, cuando aún le esperaba como una enorme idiota. Seguía siendo una ingenua que esperaba que Cenicienta en verdad pudiera tener a su príncipe y su final feliz.

Me incliné hacia él, él se paralizó y nos miramos el uno al otro. Había rezado para que acortara la distancia entre nosotros; para que dijera que ya no quería ser solo mi amigo. Quería que dijera que estaba enamorado de mí, que no podía dejar de pensar en mí ni preguntarse cómo se sentirían mis labios, de la misma forma que yo me obsesionaba constantemente con él. Pero se quedó exactamente dónde estaba. No se movió ni me besó, se limitó a mirarme como un ciervo cegado por los faros. El momento se volvió incómodo. No se inclinó más.

Y me di cuenta de que su corazón no latía a mil kilómetros por minuto como el mío. No estaba soñando con pasar su lengua a lo largo de mis labios, tal como yo sí lo hacía. No se estaba imaginando arrancándome la ropa y tirándola al suelo, y luego inmovilizándome en la cama doble de su infancia donde estaban repartidos nuestros libros por el estudio.

Al final, avergonzada, me alejé y dije que era hora de irme a casa. No, no sentí sus labios esa noche. No pasó hasta la noche antes de que estuviera a punto de irme, cuando mandé todo al demonio y fui en bicicleta hasta su casa en el instante en que me enteré sobre lo de Tim, y me lancé a sus brazos. Él me abrazó con fuerza y enterró su rostro en mi cuello. Todo su cuerpo se estremeció. Sabía, sin que él tuviera que decir nada siquiera, que era la primera vez que se le permitía mostrar sus verdaderos sentimientos en esa fría casa suya. Que su madre pudo haber estado histérica por perder a su hijo favorito en un accidente tan cruel, pero que Rafe sería el fuerte y estoico.

Hasta que estuvo en mis brazos. Aun así, no lloró, sino que tembló y le echó la culpa a la lluvia. No había llovido mucho esa noche hasta entonces, pero toda la ciudad imaginó que era la razón por la que Timothy tuvo el accidente. Al conducir demasiado rápido en una curva notoriamente resbaladiza, su auto se había subido por la barandilla y caído en la zanja de abajo. Timothy no se había puesto el cinturón de seguridad y terminó siendo expelido a tres metros del auto. Eso era todo lo que había escuchado de los chismes de la ciudad antes de venir corriendo.

Rafe no me dijo nada más, simplemente se aferró a mí como si yo fuera un bote salvavidas sin el cual se hundiría. Y entonces, durante un instante de locura mientras la lluvia caía a cántaros y la tormenta tronaba por encima de nuestras cabezas, estampó sus labios contra los míos.

Me había besado. Después de todo ese tiempo, me quería. Lo abracé y le devolví el beso con todo lo que tenía. Quería quitarle su dolor, sentirlo yo, besarlo hasta el olvido para que pudiera tener un segundo de alivio del dolor que evidentemente lo estaba haciendo pedazos.

Pero solo lo había permitido por unos veinte gloriosos segundos. Durante veinte segundos, nos perdimos en otro mundo. Uno de labios, manos, tacto, piel, lenguas entrelazadas y la locura más perfecta que jamás había degustado.

Y entonces... Y entonces se apartó de mí, maldijo en voz alta, trastabilló y volvió corriendo a la casa sin siquiera mirar atrás para verme.

Esa fue la última vez que vi a Rafe Jackson. Nunca me dijo una palabra más hasta esa fiesta de hace un mes. Cuando traté de pasar a despedirme antes de irme al internado, su madre me había informado con frialdad que no quería verme, pero que había pedido que me diera la enhorabuena por el nuevo instituto y buena suerte.

Y el resto, bueno, supongo que es historia antigua. Con la excepción de que ahora, aun en las frías aguas del lago, podía sentir la deliciosa sensación de escozor por la forma en que su miembro me había abierto durante la prueba.

Si en ese entonces había sido indiferente, ¿por qué ahora no?

—¿Qué correos electrónicos, Fallon? ¿De qué estás hablando?

Comenzó a vadear hacia mí, pero mi corazón había tenido suficiente. La expedición al baúl de los recuerdos más la prueba de los espíritus había sido suficiente. Mi pequeño y frágil corazón no podría soportar mucho más. Si se rompía una vez más, no estaba seguro de que hubiera suficiente pegamento en el mundo para volver a repararlo.

—Nada. No importa —dije, y luego le salpiqué en el rostro cuando se acercó.

Aún parecía confundido, pero otra expresión cruzó su rostro, una con la que estaba mucho más familiarizada; una traviesa y llena de intenciones. Luego desapareció bajo el agua y, al igual que cuando éramos más jóvenes, sentí que rodeaba mis piernas con los brazos. Apenas conté con un segundo para tomar una bocanada de aire antes de que me halara hacia abajo.

Oh, esto era la guerra. Volví a subir, farfullando en busca de aire.

—Cielos, no estaba lista. ¡Casi me ahogas! —grité.

Retrocedió y soltó una palabrota.

—Lo siento, pensé que habrías...

Pero solo estaba tomándole el pelo y tratando de desequilibrarlo, lo cual funcionó. No estaba preparado cuando me lancé sobre él y lo sumergí. Luego chillé y me reí mientras él volvía a cogerme por las piernas, esta vez cargándome sobre su hombro.

—¡Rafe! —grité, riendo sonoramente—. ¿Qué estás...? ¡Bájame!

Contoneé mi trasero descubierto en su rostro y él me asestó una nalgada. Dios mío, eso nunca lo había hecho en aquel entonces. Me retorcí en su hombro, pero por fin logré sumergirlo de nuevo. Seguimos jugando de esa forma, tal como solíamos hacerlo, excepto que ahora había roces, toques y pellizcos más comprometidos.

Mi corazón nunca se había sentido tan pleno, e incluso me dije a mí misma: «¿Lo ves? Tal vez las cosas puedan volver a ser como eran antes». Amigos. Seríamos amigos.

Rafe solo quería follarme cuando lo exigiesen las pruebas. El resto del tiempo seríamos esto: viejos amigos que se fastidiaban entre sí. Cielos, el pasado en verdad fue hace mucho tiempo. Él ni siquiera recordaba los correos electrónicos. De todas formas, yo era la única que posiblemente le había dado tanta importancia a nuestra amistad en ese entonces. Lo más probable era que, para él, yo hubiera sido una compañera divertida y, tal como siempre pensé, una forma amistosa de rebelión para su sofocante vida.

Pero ahora podíamos volver a ser amigos. Esta vez tendría cuidado de mantener mis defensas en alto siempre. Rafe Jackson nunca podría volver a lastimarme siempre y cuando no lo dejara pasar en primer lugar.

Los dos nos encontrábamos riendo y jadeando por aire cuando sentí un *dèjà vu*. Me estaba aferrando a sus hombros para sostenerme y así no tener que mover los brazos para flotar sobre el agua, y él se quedó paralizado.

Nos miramos a los ojos. Nuestras caras estaban a centímetros de distancia. Al igual que aquella noche, hace tantos años, cuando estábamos estudiando en su habitación.

Sin embargo, en esta ocasión no esperé a que la situación se volviera incómoda. Había aprendido mi lección, así que solo le sonreí. Él abrió los ojos de par en par y me figuré que tal vez le falló la respiración, pero no, lo más probable era que solo estuviese sin aliento, tal como yo, por haber sido sumergido en el agua tantas veces.

Bueno, no habrá paz para los malvados. Usé su hombro como palanca y lo volví a sumergir. Aunque, justo antes de caer, me rodeó la cintura con los brazos y me arrastró con él al agua fría y oscura.

El agua se acumuló a nuestro alrededor y todo ruido desapareció cuando nos zambullimos bajo la superficie de nuevo. Nuestros cuerpos calientes estaban dentro del lago frío, aferrándose el uno al otro al mismo tiempo que, durante un pequeño momento hurtado, el resto del mundo desaparecía.

CAPÍTULO 9

Rafe

—Bueno, si alguna vez nos preguntamos qué se sentiría estar bajo arresto domiciliario, ahora lo sabemos —dije mientras salía del cuarto de baño con nada más que una toalla luego de la ducha.

Quizá debería tener más pudor y vestirme a puerta cerrada, pero después de varios días de vivir dentro de estas cuatro paredes ya estábamos cerca de ser una pareja casada. Tanto Montgomery como Sully me habían advertido que las pruebas iban a ser despiadadas, pero ninguno me dijo que los 109 días iban a pasar a una velocidad que podría volver loco a cualquiera. La retorcida situación te afectaba la cabeza.

Las pruebas fueron horribles, y aun así, al menos nos sacaban de esta habitación y en verdad podíamos hacer algo. Y tuve que admitir que Fallon manejaba cada cosa inquietante que lanzaban en nuestra dirección con un coraje y una fuerza que no había anticipado.

—Por fin dejó de llover —dijo mientras hojeaba una

revista. Parecía tan aburrida como yo me sentía—. Tal vez deberíamos ir a caminar o algo así.

—Sí, quizá deberíamos —dije caminando hacia la cómoda para sacar un par de pantalones—. Beau ha comenzado su iniciación anoche. Estamos superponiendo nuestro tiempo mientras estamos aquí. Tal vez lo veamos a él y a su bella. Me vendrá bien ver una cara conocida.

Estaba desesperado por tener una conversación real. Fallon nunca fue la mejor comunicándose, pues siempre fue un poco tímida, pero por lo general se había abierto conmigo.

Sin embargo, ya no era así. La mujer era un libro cerrado, y no importaba cuánto tratara de hablar con ella, siempre encontraba la forma de cerrar la conversación si estaba a punto de hacerse personal. Sabía muy poco sobre ella, aparte de lo que sabía de cuando éramos niños.

Seguía repitiendo que el pasado era el pasado, lo cual entendía, pero al mismo tiempo, quería más. Percibí que tenía muchas cosas por dentro, pero no sentía que pudiera compartirlas conmigo. El hecho de que yo ya no fuera la persona en quien ella podía confiar me entristecía.

Una vez fui ese hombre, y el tiempo me lo había arrebatado.

—¿Cuántos de tus amigos están haciendo la iniciación? —preguntó, mirando aún la revista. Tenía una pierna pendiendo casualmente sobre el brazo de una silla, y su cabello estaba en sus ojos, como siempre. Era un desastre hermoso.

—En mi grupo somos seis, pero han puesto a todos los iniciados en grupos por edad, así que vienen más, y muchos han estado antes que yo. De mis amigos, Montgomery y Sully ya la terminaron. Beau acaba de empezar. Emmett y Walker son los siguientes.

—Ustedes siempre fueron cercanos en el instituto —musitó.

—Sí, pero no como tú y yo —dije con sinceridad—. Eras mi mejor amiga.

Ella despegó la vista de su revista y me miró a los ojos.

—Sí...

—En fin —dije, rompiendo nuestro vínculo y mirando hacia la ventana para tener algo más que la intensidad de los ojos oscuros de Fallon en lo que enfocarme—, nada ha cambiado durante años en la Oleander. Así es como lo hace la Orden. A los veinticinco años comienza el proceso. Los primogénitos tienen el honor de convertirse en miembros y encargarse del negocio familiar.

—¿Es eso lo que quieres?

Estuve a punto de mirarla, pero luché contra el impulso. No quería que ella viera la verdad en mis ojos.

—No tengo elección. Es lo que hay. Mi padre dirige el negocio muy bien y lo ha hecho crecer. No somos ricos de cuna como algunos de los otros ancianos, y mi padre ha tenido que trabajar mucho para mantener nuestras arcas llenas por momentos. Me ha enseñado mucho a su forma distante. El mundo del petróleo es una bestia, pero hemos descubierto cómo domarla. Creo que está deseoso de heredarme la empresa..., pero en realidad no lo sé. No hablamos mucho de eso.

Realmente no hablábamos de nada. Mi padre siempre había sido un hombre de pocas palabras, y después de la muerte de Timothy, prácticamente se quedó mudo. La única vez que lo vi hablar fue aquí en la Oleander. Sonreía, se reía, y actuaba como un hombre que no fue derrotado y apaleado por la Parca. Era un hombre diferente cuando vestía el manto plateado. Parecía feliz y contento. Sentía envidia de que él pudiera encontrar eso mientras que yo no.

—Pero, sí —aclaré, mirándola con una sonrisa forzada —. Lo quiero.

Estaba desesperado por encontrar esa felicidad que mi padre había encontrado en la Orden del Fantasma de Plata. Si acechaba en estos pasillos de la mansión, entonces haría todo lo que estuviera a mi mano para encontrarla también. La necesitaba tanto como mi padre, o lo más probable es que me tragase la oscuridad que llamaba a mi puerta todos los días.

No quería enmudecer como mi padre. No quería convertirme en una carcasa de hombre, y ya estaba próximo a ello. Entonces, por favor entréguenme el manto plateado. Lo que sea para hacer que el vacío desaparezca.

Fallon cerró su revista, que estaba bastante seguro de que ya había leído al menos una vez, si no dos, pero permaneció sentada en la silla junto a la chimenea. Bajó la vista a mi pecho, mis brazos, mi abdomen y preguntó:

—¿Cuándo te has hecho todos esos tatuajes? No tenías ninguno en el instituto y nunca dijiste nada sobre querer alguno.

—Cuando cumplí los dieciocho me hice el que tengo en mi pecho para Tim. Simplemente sentí que era lo correcto, como si fuese algo que necesitaba hacer.

—Fuerza. Amor. Honor —dijo en voz baja y asintió con la cabeza en total comprensión—. Creo que le habría encantado. Conociendo a Tim, se habría hecho uno a juego.

Sonreí.

—Mi madre los odia.

Fallon se rio.

—Me lo figuro. Los tienes por todo el cuerpo.

—Es una adicción —dije encogiéndome de hombros—. Cuando las cosas se ponían cuesta arriba o me encontraba en mal estado mental, hacerme uno parecía ayudar. En cierto modo, se convirtió en una rutina.

Ella asintió de nuevo como si comprendiera.

—Me gustan.

Sonreí mientras iba al armario a buscar una camiseta.

—Bueno, me alegra que te gusten. No es como que pueda quitármelos con agua.

Alguien llamó a la puerta y terminé de vestirme rápidamente para poder ser yo quien atendiera.

—Abro yo.

—¿El almuerzo? —preguntó Fallon—. Siento que acabamos de desayunar. Te juro que he perdido todo sentido del tiempo desde que estoy aquí.

Cuando abrí la puerta, me alegré de ver a un empleado que no conocía parado frente a mí con los artículos que había solicitado que me entregaran. Rápidamente se los quité de las manos y los coloqué dentro.

—Gracias, hombre —le dije, deseando tener dinero en efectivo para darle una propina al tipo, pero no estaba viviendo en un hotel donde pudiera ir y venir para utilizar un cajero automático.

—¿Quién es? ¿Qué es todo eso? —preguntó Fallon mientras se acercaba a la puerta.

—Un obsequio para ayudarte a pasar el tiempo —le dije, abriendo las cajas para que ella pudiera verlo por sí misma.

Saqué un caballete de primero y sonreí cuando escuché el grito ahogado de Fallon a mis espaldas.

—¿Es eso...? ¡Oh, Dios mío! —chilló.

Abrí rápidamente la siguiente caja con pinceles y tubos de pintura de todos los colores que se me ocurrieron. Había una caja más grande que también contenía lienzos de varios tamaños.

—Recuerdo que siempre te gustó pintar —dije mientras movía los materiales a un lugar más próximo al fuego.

—¿Has comprado esto para mí?

Me siguió de cerca hasta el sitio donde comencé a preparar todo para ella. Quería que tuviera su propio espacio, y aquí estaría cerca del fuego y junto a la ventana, donde tendría mucha luz.

—Creo que ya has leído todas las revistas de la mansión, y si te sientes como yo, estás a punto de volverte loca con tanto tiempo libre.

Me detuve para mirarla por encima del hombro y me invadió una sensación de orgullo por la enorme sonrisa en su rostro que sabía que yo había causado. Su felicidad iluminaba todo su rostro, y era la primera vez que la veía así en mucho, mucho tiempo.

—Rafe... Esto es muy considerado de tu parte.

—Pensé que con el tiempo que estaremos aquí podrías hacer una galería llena de pinturas. Al menos puedes sacar algo de toda esta experiencia además de... bueno... dinero.

—Al darme cuenta de que estaba convirtiendo algo bueno en malo, rápidamente cambié de enfoque—. Me imaginé que extrañarías pintar mientras estuvieras aquí.

—De hecho, no he podido pintar nada desde que regresé a Darlington.

Me detuve en seco y la miré con incredulidad.

—¿Por qué? Siempre te encantó. No creo que te haya visto nunca sin pintura en tus manos.

Ella se encogió de hombros, pero la tristeza inundó sus ojos.

—Cosas de la vida. He estado muy ocupada y... no lo sé. He perdido una parte de mí y...

Volví a poner mi atención en acomodar el rincón de arte y dije:

—Bueno, entonces ya es hora de que nos pongamos a encontrar esa parte que has perdido. Necesitas pintar. Puede que no te conozca bien ahora, o al menos al adulto que eres, pero sé que tienes un talento que no debería desperdiciarse. —Le ofrecí una sonrisa—. ¿Y qué otra cosa tienes por hacer mientras estés sentada en esta habitación?

—¿Y tú? ¿Qué vas a hacer mientras pinto?

—Mirarte —dije sin más.

Nuestros ojos se encontraron y supe que ambos estábamos recordando la forma en que solía sentarme y verla pintar cuando estudiábamos en el instituto. Me pregunté si alguna vez logró sacarle provecho al arte. Siempre fue tan buena en ello, y podía perderme en la forma en que arremolinaba los colores en el lienzo con tan poco esfuerzo y, aun así, una verdadera obra maestra salía de cada movimiento de su muñeca.

—Todos estos materiales... —dijo, mientras se acercaba a mí y levantaba las pinturas y los pinceles, examinándolos con ojos muy abiertos que resplandecían de júbilo—. Deben haberte costado una fortuna.

—Tengo una que puedo gastar. —Me di cuenta de que sonaba pretencioso y quise retirar las palabras al instante, así que agregué—: Es lo menos que puedo hacer, ya que me estás ayudando a ganarme mi puesto como director ejecutivo de la empresa de mi familia. No podría hacerlo sin ti.

Cogió un pincel y se paró frente al caballete en el momento en que lo instalé.

—¿Puedo pintar algo ahora?

—Esperaba que lo hicieras.

Sin perder un segundo más, Fallon se sumió en la tarea. Me acomodé en la silla en la que ella había estado sentada junto a la chimenea, lo que me daba una vista perfecta de su trabajo. Siendo sincero, podría sentarme aquí todo el día y verla pintar. Sí, era un regalo para ella, pero también para mí.

Comodidad; familiaridad; recuerdos.

—¿Has estudiado arte? —le pregunté, esperando poder sacarle un poco más de información ahora que estaba de vuelta en lo suyo.

—Sí.

Siguió pintando y no dijo nada más. Supongo que tenía que haber tomado eso como una señal para quedarme callado, pero era terco y estaba decidido a quebrar el muro que Fallon claramente había construido alrededor de su corazón.

Era yo, su amigo. Solíamos decirnos cualquier cosa.

¿Era este sitio? ¿Eran las pruebas? ¿Era que habíamos tenido sexo y ahora todo era incómodo? Sí, habíamos perdido el contacto, pero no era como si hubiera pasado tanto tiempo que ya no podíamos reconectarnos... o al menos intentar hacerlo. ¿Por qué se comportaba como si fuéramos completos desconocidos?

La vi exprimir el tubo de color azul verdoso en su paleta, y al instante supe que iba a pintar algo que reflejara la prueba que habíamos soportado. Ya quería ver qué se le ocurriría.

—¿Hace cuánto que estás en Darlington? —pregunté.

—No mucho.

—¿Tu mamá sigue viviendo aquí?

—Sí.

—¿Y estás trabajando en una empresa de *catering*?

—Estaba.

Joder, era como sacarle información a una pared.

—¿Por qué hablar contigo es como hablarle a la pared? —pregunté, tratando de eliminar cualquier rastro de molestia en mi voz.

Mi intención no era discutir, pues solo quería que estuviera contenta, pero al mismo tiempo, tenía un millón de preguntas. Sin rendirme, continué:

—Entonces, ¿qué es lo que te llevas al final? Si pasamos la iniciación, ¿cuál es el sueño que has pedido?

Pensé que debía saberlo, ya que éramos un equipo y trabajábamos juntos en este objetivo final.

—Dinero. —Comenzó a pintar sobre el lienzo, sin siquiera detenerse para hablarme.

—Sé que es dinero, pero ¿cuánto?

—Mucho.

—Vamos, Fallon. ¿Es tan complicado hablar conmigo?

El corazón me dolía físicamente. Se contraía cada vez que lo intentaba y ella me rechazaba repetidamente. ¿Quién era esta mujer frente a mí? Las cosas no eran tan difíciles con la Fallon que yo había conocido. Nunca lo fueron. Por eso fuimos tan buenos amigos, porque todo era sencillo entre nosotros. Ella me entendía y yo a ella. Éramos el par más improbable y, aun así, funcionábamos.

Ella era la única persona en mi vida que creía que realmente me veía por lo que era. Con ella, yo no era solo un hijo olvidado en las sombras de la resplandeciente luz de su hermano. Fallon siempre me había hecho sentir especial e importante.

Pero en la Oleander me hacía sentir como los demás, como si no fuera nada, como si fuera invisible, sin importancia. Si esa era su intención... ¿entonces cuál era la razón?

Justo cuando estaba a punto de rendirme y dejar de hablar por completo, por fin dijo:

—Aprecio esto. —Dejó de pintar. Me miró con calidez y la gratitud se adueñó de su rostro—. Ha pasado mucho tiempo desde que alguien hizo algo tan bueno por mí.

—Es una pena. Porque te mereces cosas como esta.

Ella asintió con la cabeza muy lentamente, como si estuviera perdida en sus pensamientos, y luego volvió a concentrarse en su pintura, pero siguió hablando mientras tanto.

—Es importante para mí que aprobemos esta iniciación, y no solo por el dinero que recibiré —admitió.

Respiró hondo, pero continuó pintando, como si el acto le diera el valor para abrirse un poco.

—Estoy cansada de ser siempre la muchacha pobre que recibe limosnas y basura de segunda mano. Siempre he sido una organización benéfica y ya estoy harta de ello. Amo a mi madre, pero no quiero ser como ella. —Tensó la mandíbula —. Estoy acabando con el ciclo.

Asentí con la cabeza, pero me negué a hablar por temor a que en el momento en que lo hiciera, ella se cerrara por completo.

—Y sé que tú nunca me viste como un caso de caridad —agregó—. Eras el único que no lo hacía.

Pintó por unos momentos en silencio y yo me limité a quedarme sentado y mirar, preguntándome qué saldría de su trabajo.

—Entonces, esta iniciación es importante para los dos. Necesitamos asegurarnos de no arruinarla.

—Estoy de acuerdo. Aunque no voy a mentir, es difícil para mí verte...

—Lo sé —me interrumpió—. Pero no vamos a pasarla si seguimos peleando o si dejas que tu extraña necesidad de protección te domine. Te necesito, y sé que tú me necesitas a mí.

—No es una necesidad de protección. Mi trabajo es proteger...

—¿Tu trabajo? —interrumpió ella—. ¿Por qué protegerme sería tu trabajo?

Como si los fantasmas de la mansión supieran que estábamos hablando de las pruebas, se oyó un ligero golpe en la puerta, seguido por la presencia de la señora H.

—Otra caja —dije mientras la señora H la colocaba sobre la cama.

Su atención se volvió rápidamente hacia la pintura de Fallon y aplaudió.

—¡Ah, me fascina ver esto! —La señora H me miró y sonrió ampliamente—. Buen trabajo, muchacho. Muy buen trabajo. —Fue hacia la puerta—. No puedo quedarme porque tengo que entregar otra caja a Beau y a su bella, pero buena suerte esta noche. Parece que no harán esta prueba solos.

Cuando la señora H se fue, me acerqué a la caja y divisé un esmoquin blanco como el que me había puesto por primera vez para la selección de la bella. Y no era de extrañar que no hubiera nada que Fallon pudiera vestir en la caja.

La desnudez había sido su atuendo hasta este momento. Enfermos de mierda.

Pero no podía creer lo que sí había en la caja... ¿Cuán retorcidas eran sus oscuras imaginaciones? ¿A quién se le ocurriría esta mierda?

Dios mío, Fallon iba a perder la cabeza.

—¿Qué hay en la caja? —preguntó mientras pintaba alegremente, ajena a lo que estaba a punto de suceder esta noche.

No quería decírselo. No tenía sentido que le diera tantas vueltas hasta que llegara el momento de irnos. Todavía teníamos unas horas antes de la prueba de esta noche. Ella merecía un momento de felicidad, y yo merecía regresar a lo que se convertiría en mi silla de paz y tranquilidad al mismo tiempo que la miraba.

Hizo una pausa en su pintura y volvió a preguntar:

—¿Y bien? ¿Qué nos espera esta noche?

—Sigue pintando —dije mientras me sentaba, cruzaba las piernas y me acomodaba—. Todo eso puede esperar.

Me miró con escepticismo en los ojos mientras se mordía los labios. Pero, afortunadamente, el impulso de continuar con su pintura fue más fuerte que su curiosidad.

—Fallon... —comencé, pues necesitaba decir algo que me había estado atormentando casi tanto como el espectro de Timothy atormentaba a los ancianos—. Prométeme algo. Cuando todo esto termine, no me odiarás.

Ella levantó la vista de su pintura con confusión en la mirada. Fue algo momentáneo, y en lugar de contestar, volvió a pintar, y yo la dejé hacerlo.

CAPÍTULO 10

Fallon

Estaba desnuda otra vez, por supuesto. Había bajado las escaleras desnuda, llevando el único otro objeto que había estado en la caja con dedos temblorosos: un consolador de vidrio.

Estaba finamente hecho si te gustaban ese tipo de cosas. Era inquietantemente realista, excepto por su tamaño. Medía veintitrés centímetros de largo, y aunque, bueno, Rafe se le acercaba, ni siquiera él lo tenía tan grande como esta maldita cosa. Un pesado escroto de vidrio pendía del extremo; todo estaba meticulosamente elaborado, y no tenía ni idea de cómo. Una vez había visto un programa sobre soplado de vidrio y ni siquiera podía empezar a imaginarme cómo se podría hacer...

Me quedé sin aliento cuando llegué al pie de las escaleras y entré al salón de baile. Estaba cubierto desde el piso hasta el techo de espejos.

A Rafe se lo llevaron de mi lado inmediatamente a una pared donde se había colocado una galería de sillas. Los miembros de la Orden estaban sentados en los tronos y observaban a mujeres de todas las formas y tamaños tendidas en los sofás y algunas en el suelo de mármol frío y liso. Todas se masturbaban con consoladores de vidrio similares al que sostenía yo. Los espejos en todos los lados engrandecían la imagen de cada mujer cinco y hasta diez veces. Dondequiera que mirase había piel femenina retorciéndose y dando vueltas.

Mientras me acercaba, un anciano que caminaba con un bastón le asestó un fuerte golpe en el culo a una mujer.

—Estás aquí para atrapar al diablo con tu vanidad —la reprendió el anciano—. ¿Crees que vas a capturar al mismísimo diablo con esa falsa demostración de placer? ¿Crees que puede dejarse engañar por tu miserable exhibición? ¡Mastúrbate y ten un orgasmo de verdad o levántate del suelo! No hay sitio para ti aquí.

La hermosa mujer miró hacia arriba con lágrimas en los ojos y asintió con entusiasmo.

—Lo haré mejor.

—¡Silencio! —dijo el anciano, azotándola de nuevo. Ella saltó, y el bastón dejó una brillante marca rojiza en la parte posterior de su culo—. Lo único que quiero escuchar de ti son los gemidos de tu coño por tener dentro el enorme pene de cristal del diablo.

Ella asintió obedientemente, pero el anciano no había terminado con ella.

—Primero quiero que te atragantes en él. Sácatelo del coño y métetelo en la garganta. Engúllelo como si se te fuera la vida en ello. Como si de verdad estuvieras tentando al diablo a venir. ¿De qué otra forma podemos atraparlo si no tentamos su vanidad?

La mujer sacó el consolador de vidrio de donde lo había estado metiendo y sacando sin descanso y, obediente, comenzó a introducirlo en su boca y —¡cielos!— en su garganta. No debía tener la capacidad de sentir arcadas, porque pude ver que el consolador comenzaba a asomar por su garganta.

—Eso está mejor —dijo el anciano—. Ahora gime al mismo tiempo, y tú... —Chasqueó los dedos hacia la mujer más cercana a ella, quien gemía y se retorcía con su pene de cristal enterrado en lo más hondo de su vagina.

La mujer alzó la cabeza y se detuvo a media penetración del consolador en su interior.

—Fóllala con tu consolador.

La mujer de inmediato fue hacia ella a gatas.

—Cómele el coño primero.

La segunda mujer asintió y comenzó a lamer a la primera mujer, que ahora se atragantaba con el pene en su garganta. Mientras la segunda mujer estimulaba a la primera, el anciano debió de impacientarse, pues le quitó el enorme consolador de la mano y comenzó a meterlo en su sexo. Y luego, apenas haciendo una pausa, sacó un poco de lubricante de su manto, lo vertió sobre el consolador, ¡y entonces se lo metió por el culo! Ella chilló y gritó sorprendida, con la boca todavía en el sexo de la otra mujer.

Jadeé. No pude evitarlo. ¿Esperaban que yo hiciera esa mierda? Y el pensamiento que le siguió de inmediato fue: ¿Quién cojones eran estas mujeres que venían y se sometían a esto?

¿Eran bellas rechazadas, como mi madre y mamá H? Aquello me hizo parpadear aún más, pues imaginé a mi madre, mi madre, como una de estas jadeantes mujeres arrodilladas. Mi madre... fue la mujer a la que follaban con un consolador de vidrio mientras le indicaban que se comiera el coño de otra mujer, todo mientras los miembros miraban y se excitaban.

Volví a mirar hacia la galería y encontré los ojos de Rafe puestos sobre mí. Pero un puesto más atrás, vi a Montgomery. Cielos, ¿se suponía que debía masturbarme con esta cosa frente a los amigos de Rafe? Montgomery por lo menos estaba de espaldas al salón sorbiendo un líquido ámbar de un vaso, pero además de Montgomery, estaba Beau.

Dios mío, ¿es que ahora iba a aparecer todo el séquito de Rafe del instituto? Sé que me había dicho que Beau acababa de comenzar sus pruebas en la mansión y que podríamos encontrarnos con él y su bella, pero no había imaginado que nuestra primera presentación fuera así.

Miré a la multitud y me pregunté cuál de las chicas sería ella.

—Tú —exclamó una voz grave. Levanté la vista y un temblor me atravesó cuando me di cuenta de que un Anciano en el extremo del salón me estaba señalando—. ¿Qué estás haciendo ahí parada? Comienza a complacer el pene del diablo. Tiéntalo para que pueda quedar atrapado por su propia vanidad. No hay nada que le guste más que mujeres hermosas que adoran una imagen de su activo más tentador.

Hubo risas de algunos de los otros hombres, pero cuando me encontré con los ojos suplicantes de Rafe, no estaba segura de si me estaba implorando que empezara a masturbarme para que los ancianos no se interesaran más por mí como lo hicieron con las otras dos mujeres, o si me estaba rogando que huyera definitivamente de la locura. Mantuve la cabeza en alto y caminé hacia el centro del salón, donde había un diván vacío.

Me tumbé y abrí piernas. «Fallon Perry, puedes hacer esto». Y tampoco podía fingirlo. Era terrible fingiendo los orgasmos, y se darían cuenta de inmediato. No, en verdad tendría que tener uno. Pero, ¿cómo hacerlo con un salón lleno de hombres mirándome? Mucho menos con los espejos de arriba y de todos los lados que reflejaban mi imagen.

—¡No cierres los ojos! —espetó un anciano, seguido por el ruido sordo de un bastón contra piel, sin duda para reforzar su declaración—. Tienes que mirar al diablo a los ojos para tentarle a que se haga presente en esta reunión.

¿Estos tipos estaban locos de atar? Yo no era muy religiosa, pero me parecía que tentar al diablo, y sobre todo tratar de capturarlo, era como jugar con fuego; inclusive si se trataba de un juego sexual.

Pero no podía perder más tiempo en preguntas tontas o pensamientos como ese. Me llevé la cabeza del consolador de cristal a los labios de mi sexo. ¡Ay! ¡Qué frío estaba! Me estremecí, pero luego seguí introduciéndolo y permitiendo que el escalofrío recorriera mi cuerpo. Después de todo, esto era un espectáculo. Bien podría interpretar mi papel con todo lo que tenía.

Apenas estaba húmeda, y era imposible que la bulbosa cabeza entrara en mi estrecho canal sin un poco de precalentamiento. La pregunta era, ¿cuánto tiempo me darían antes de que esperaran que estuviera gimiendo y corriéndome con la maldita cosa?

Probablemente no mucho. «Así es, Fallon. Sé su puta. Monta un espectáculo». Al igual que mi querida madre probablemente lo había hecho en innumerables ocasiones. ¿Cuántos penes chupó por el gran privilegio de seguir siendo invitada a fiestas como esta? ¿Con cuántos folló?

Demonios, pensar en mi madre no me ayudaba a excitarme. Traté de aclarar mi mente. «Piensa en cosas sexis. Pensamientos sexis, pensamientos sexis». Miré a mi alrededor. Había un centenar, en su sentido literal, de reflejos de cuerpos desnudos y contorsionándose. Se pensaría que sería sencillo pensar en alguna fantasía sexual.

Pero veía a mi madre en el rostro de todas las mujeres... excepto...

Excepto cuando me miré en el espejo que colgaba justo encima de mí.

Me reflejaba a mí y únicamente a mí. No tenía muchas de las características de mi madre. Siempre supe que probablemente me parecía más a mi misterioso padre, quienquiera que fuese. Aunque en este momento agradecía por el donador de esperma secreto, pues mientras miraba el consolador que sondeaba mi sexo, por fin comencé a humedecerme.

Joder, era... sensual verme así.

Nunca me había visto masturbándome. Siempre que lo hacía, por lo general era antes de dormir o por la mañana, debajo de las sábanas, un tanto furtivamente y cerrando los ojos con fuerza. Pero ahora... bueno, no se me permitía ninguna de esas comodidades.

Debía tener los ojos abiertos, estar completamente desnuda y casi obligarme a mí misma a mirarme mientras me tocaba... lo cual irónicamente me estaba ayudando a excitarme.

Me mordí el labio inferior. ¿Podría verme Rafe? ¿Le gustaba lo que veía? ¿Deseaba que fuera su duro pene en lugar de este consolador frío el que acariciara los labios y luego avanzaba lentamente?

Jadeé ante la intrusión del objeto de vidrio, pero no me detuve. No era posible rendirse ni darse por vencido durante una prueba de la mansión Oleander; o se estaba dentro para ganar hasta el final más amargo, o no valía nada. Y no pensaba irme de aquí con las manos vacías, no señor.

Entonces, me miré: estaba desnuda y un caleidoscopio

de cuerpos se movían a mi alrededor en los espejos periféricos. Me humedecí, el enorme consolador entró un poco más y arqueé la espalda para conectarme con él, incapaz de contener el grito ahogado que se escapó de mi boca.

Por encima de mí, una mujer arrugó la frente con una expresión de placer confuso. Era yo, que experimentaba este momento y me sentía desconectada de él al mismo tiempo, pese a que una sensación de placer recorría mi sexo y mi vientre.

Cielos, ¿de verdad esto me estaba excitando? ¡Yo no era tan pervertida!

Pero al escuchar otro impacto de un bastón contra el culo de una mujer y su correspondiente gritito, comencé a follarme con el consolador más fervientemente, penetrándome un poco más en cada momento.

Mis mejillas se encendieron y sudor me corría por las entradas. Me mordí el labio inferior con toda concentración y abrí más las piernas para poder darle acceso al enorme pene de cristal. Nunca me había introducido algo tan grande. Quienquiera que fuese el artista que los hubiera creado, los hizo con la intención de que fueran más grandes que los de cualquier hombre humano, y probablemente solo para torturar a las bellas. Para estirarnos más que cualquier otra cosa para la que pudiésemos haber estado preparadas.

Lo metí un centímetro más y jadeé cuando el grosor del objeto me partió en dos; el vidrio frío estaba insertado tan adentro de mí que la cabeza bulbosa casi chocaba contra mi cuello uterino.

Y de alguna manera, ese fue el fin. Mi sexo comenzó a contraerse a su alrededor.

En el espejo de arriba pude ver que el enorme consolador prácticamente había desaparecido dentro de mi cálido y ruborizado cuerpo. Cerré las piernas a su alrededor, y eso me dio aún más fricción en el clítoris.

Grité y no fui silenciosa, pero tampoco lo fueron ninguna de las mujeres que me rodeaban. Pero sabía que este no era el momento de ser tímida, así que seguí en lo mío. Vocalicé cada fracción de placer que sentí.

Gemí cuando no sentí más el consolador luego de haberlo sacado de mi sexo empapado, y a medida que lo iba introduciendo nuevamente y sin tregua en mi interior, grité y me moví frenéticamente a su alrededor.

Esperaba que fuese más sencillo introducirlo en mi interior luego de que me adaptara al tamaño, pero no, simplemente era demasiado grande. La segunda y tercera vez fueron tan intimidantes como la primera. Afortunadamente, ya me estaba corriendo.

No pude contenerme. Había demasiada estimulación, tanto en mi sexo como en el resto de mis sentidos. Por supuesto que había mucho estímulo visual en todas y cualquier parte que mirara, pues las mujeres se tocaban y, bajo la dirección de algunos ancianos errantes, se tocaban entre sí.

Se lamían mutuamente los pechos y las vaginas. Se follaban entre sí con consoladores y, a veces, los ancianos las follaban a ellas. Por fin, los hombres en los costados empezaron a unirse y a penetrar a las mujeres a medida que avanzaban.

—Ahora que han cortejado al demonio —gritó un anciano en voz alta—, este vendrá y las reclamará. Recíbanlo en sus cuerpos y sacien sus deseos.

Y entonces Rafe se puso frente a mí.

Gracias a Dios que era Rafe. Ay, gracias a Dios.

—Fóllenlas como lo haría el demonio —continuó exclamando instrucciones el anciano—. Solo podemos purgar la vanidad del diablo si lo encarnamos por completo. Encarnen al maestro del pecado complaciendo todos sus deseos perversos. Estas putas son los recipientes que chuparán el semen de sus cuerpos para depurar y purificarlos. ¡De rodillas, putas del diablo! Dejen que el demonio las folle de la forma que quiera y luego chupen el semen de sus pelotas hasta que lo hayan dejado totalmente seco.

Rafe se posicionó sobre mí en el diván. Al principio, pensé que sería para cubrir mi cuerpo; que simplemente no le gustaba que todos estos hombres me vieran desnuda. Algunas veces actuaba de forma conservadora cuando yo llevaba camisetas escotadas en el instituto. Me preguntaba si me respetaba, pues usar camisas así solo hacía que los chicos me comieran con los ojos, y que si quería ese tipo de atención.

Pero, no, mientras Rafe yacía encima de mí, podía sentir con firmeza su miembro rígido como una roca. Estaba más duro que el cristal, y tan duro como el acero.

—Fóllame, demonio —le susurré al oído mientras se inclinaba sobre mí. Su cuerpo entero se estremeció por encima del mío.

Y luego, sin decir una palabra más, se llevó las manos a la hebilla del cinturón. Lo deshizo en tiempo récord, y entonces, con el rostro enterrado en mi cuello, me empaló con su pene.

Respiré profundo y me aferré a su espalda. Necesitaba anclarme a él porque, Dios mío, no se estaba conteniendo como seguro sí lo hizo antes.

No, Rafe ya no se contenía. Supongo que no era la única que había presenciado mi pequeño espectáculo. Y a juzgar por su reacción, le había gustado mucho lo que había visto. La idea de tener a Rafe mirándome mientras me masturbaba y haber logrado ponerlo así de duro y sediento me humedeció tanto que podría haberme chorreado en su enorme pene que me estaba partiendo.

¿Creí que Rafe no lo tenía tan grande como el consolador de cristal? Porque ahora no estaba tan segura de ello. Quizás nunca lo había visto tan acalorado como ahora. Me estaba llenando, estirando, y mucho más. Con cada embestida, estaba segura de que no sería capaz de acomodar su grosor, que tendría que darme por vencida, que simplemente no podría continuar.

Pero con cada estocada, estaba a punto de desmayarme por el placer tan estremecedor que sentía. Dios mío, no sabía que podía sentirse tan bien.

—Rafe —pronuncié su nombre con un gruñido gutural.

Por fin, apartó su rostro de mi cuello. Nuestras miradas se encontraron mientras él me volvía a penetrar hasta lo más hondo separando mis carnes, abriéndose camino y reclamando mi territorio como suyo.

Nunca volvería a ser la misma después de este hombre. Nunca lo había sido, maldición. Me había tenido en sus manos desde el primer día que lo conocí, cuando era un solitario niño de cinco años e irrumpió en mi mundo como si solo conociera el blanco y negro y estuviese viendo en tecnicolor por primera vez.

Lo aferré a mí y enterré mi cara en su cuello mientras mi sexo se contraía. Estaba teniendo el orgasmo más intenso y más largo de mi vida mientras sufría espasmo tras espasmo y me montaba cada vez más en la ola del placer.

Él era el único hombre que me había hecho esto; estaba convencida de que era el único que podría hacerlo. Quizás sí era el demonio, porque siempre me había tentado más allá de toda razón y cordura. Abandonaría todo por la oportunidad de tener un momento con él, sin importar lo retorcidas que fuesen la circunstancias.

Pero cuando mi clímax alcanzó su punto álgido, supe que él no era el demonio, no en realidad. Porque cuando la felicidad se apoderó de mi cuerpo, me di cuenta de algo: ¿cómo podría ser el diablo si me hacía ver a Dios con el orgasmo tan fuerte que me provocaba?

CAPÍTULO 11

Rafe

Unos destellos de luz iluminaron la oscura cocina cuando comía mi tentempié nocturno.

Acababa de regresar de la fiesta de Sully y me había pasado de la hora límite, pero por suerte todos estaban dormidos. Escabullirme en mi gigantesca casa y pasar desapercibido no era complicado.

¿Pero por qué había destellos de luz?

La policía estaba afuera. Mierda.

¿Por qué? Yo no era el que hacía una fiesta cuando mis padres se encontraban fuera. Ese era Sully. ¿Era un crimen ir a una fiesta? ¿Por qué la poli estaba afuera?

El fuerte golpe a la puerta anunció su presencia, no solo a mí, sino también a mis padres. Abrí la puerta y me pregunté cómo iba a salir de esta. ¿También habían ido a la casa de Fallon? ¿Se había metido en un lío por ir a la fiesta conmigo?

—¿Tus padres están en casa? —preguntó el oficial de policía. Su compañero estaba de pie a sus espaldas, y podía ver que las luces del vehículo seguían encendidas. ¿Por qué seguían encendidas?

—¡Mamá! —grité por encima del hombro en dirección a las escaleras—. ¡Papá! —Volví a gritar, a pesar de que fue más difícil, ya que se sentía como si me hubieran sacado todo el aire. Algo andaba mal y no era solo porque había ido a una fiesta del instituto.

Mi papá fue el primero en bajar por las escaleras y estaba poniéndose su bata a medio camino. Mi madre le seguía de cerca, pero caminaba con mucha más lentitud, como si tuviera miedo de quien estuviera en la puerta.

—Señor Jackson —dijo el policía.

—¿Sí? —Mi padre abrió la puerta por completo y yo me aparté para que pudiera controlar la situación en la entrada con su poderosa forma autoritaria.

—Es sobre su hijo, Timothy Jackson —dijo el oficial mientras respiraba hondo—. Ha tenido un accidente fatal. Lamento mucho decirle que su hijo no ha sobrevivido.

—Esto tiene que ser una equivocación —reclamó mi madre negando con la cabeza—. ¿Timothy? No. Tiene que haber algún error.

—¡Timothy! ¡Timothy! —gritó mi madre mientras se abalanzaba por las escaleras, como si estuviera determinada a golpear al policía por difundir una mentira semejante.

El caos de la muerte. La locura del dolor.

Gritos. Aullidos de corazones rotos. Clamores agonizantes con los destellos de luz alrededor. Una banda sonora horripilante de tortura y negación que rompía el alma.

Mi padre se derrumbó al suelo. Mi madre casi se cae por las escaleras. Yo me limité a quedarme de pie, observé y esperé...

Esperé que Timothy saliera detrás de los policías para decirnos que todo había sido un error. Nada podía tocar a mi hermano, pues era intocable. Él era el niño prodigio. Podía conquistar cualquier cosa que se le presentara en el camino, incluso a la mismísima Parca de mierda.

Tim no.

Mi hermano no.

No podía estar muerto.

¡No, no, no!

Todos gritamos «no» una y otra vez. ¡No!

—¡No! —grité al mismo tiempo que me incorporaba en la cama, empapado de sudor. Miré a mi oscuro alrededor, confundido.

—¿Rafe? —dijo Fallon mientras su mano rozaba brevemente mi hombro—. Es solo una pesadilla. Está bien. Estoy aquí. No fue más que un sueño.

Solo fue un sueño. Otra pesadilla de aquella noche hace tantos años. Me pasé los dedos por el pelo húmedo y respiré hondo para tratar de tranquilizar mi corazón, el cual parecía que iba a salírseme del pecho.

—¿Estás bien? —preguntó Fallon.

¿Bien? ¿Es que alguna vez estaría bien? Llevaba años en terapia para tratar de enfrentarme a estas pesadillas, y aunque habían mejorado, quedaba claro que nunca iban a desaparecer. Siempre oiría los gritos de mis padres cuando se enteraron de que su primer hijo había muerto.

—Te traeré un poco de agua. —Fallon salió de la cama y fue al cuarto de baño.

Aproveché el tiempo para templar mis nervios. Era tan solo una pesadilla y, a la vez, no lo era. Era real. Timothy se había ido. Había muerto en un accidente de tránsito. Mi realidad sería siempre este terrible sueño.

—Ten —dijo Fallon, y me pasó un vaso de agua. Cuando lo recibí, ella cogió un paño húmedo y me lo pasó por la frente, por el rostro y por la nuca—. Debió haber sido un sueño intenso.

Asentí y bebí. Deseaba que fuera whiskey en lugar de agua. Ella continuó pasando el paño por mi cuerpo, borrando así cualquier señal de la reacción de mi cuerpo ante mi infierno nocturno.

—¿De qué iba tu sueño?

Dejé el vaso en la mesilla de noche y puse mi mano en el paño para detener a Fallon y sus cuidados maternales.

—Estoy bien. Estoy acostumbrado. Solo fue el mismo sueño que he tenido desde que...

—Timothy —respondió por mí.

Dejó el paño y volvió a meterse a un lado de la cama. Reemplazó el paño en mi piel con las yemas de sus dedos y comenzó a hacer círculos suaves y relajantes en mi espalda desnuda.

—Vuelvo a vivir la noche en la que nos dijeron que murió —confesé. Nunca le había contado sobre esto a nadie más que a mi terapeuta, pero decírselo a Fallon no se sentía mal. Ella siempre fue mi confidente antes de que... bueno, antes de que mi vida se derrumbara.

—Eso debe ser horrible.

—Es mi penitencia, supongo.

—¿Penitencia? ¿Por qué tendrías que pagar una penitencia? No es tu culpa que tu hermano haya muerto.

—Podría haberlo prevenido —admití, dándome cuenta de que nunca le había dicho a nadie esas palabras que en verdad sentía.

—Él eligió beber y ponerse al volante, Rafe. No podrías haberlo detenido. Fue un terrible accidente. Un accidente en el que nadie tiene la culpa. Y mucho menos tú, cielos.

Sus palabras deberían calmarme, pero solo hicieron supurar la herida que ya estaba abierta en mi alma. Nada podría quitarme el dolor, la culpa y la sensación de que debería haber sido yo quien estuviera en el ataúd en lugar de Tim. Él debería estar aquí en la Oleander, no yo.

El diablo nos había intercambiado como una broma de mal gusto.

—¿Sabes qué está jodido? —dije mientras miraba al frente en la oscuridad—. No puedo sacarme esa noche de la mente. Me persigue. Y, sin embargo, no puedo recordar ni un segundo de los días siguientes. Es como si hubiera bloqueado por completo lo que aconteció luego. Es un vacío, algo borroso. No recuerdo muchas cosas por un buen tiempo. Creo que estaba operando en piloto automático o algo así.

Fallon continuó acariciándome la piel, que ahora pasó de sudorosa a helada.

—Nunca he podido olvidar el sonido de los gritos de mis padres. Siempre escucharé eso —agregué.

—Lo siento —dijo en voz baja—. Ojalá hubiera estado más presente, lo siento...

No quería hablar más. No podía hacerlo. Tenía que hacer algo para detener los gritos en mi cabeza. Tenía que silenciarlos.

Ya.

Agarré el brazo de Fallon, la atraje hacia mí y la besé.

Fue contundente, dominante y descontrolado. No pregunté ni seduje. Ni siquiera pensé. Necesitaba sentir sus labios en los míos como si fuera vital para seguir respirando.

Cuando mi lengua danzó con la suya y oí su respiración entrecortarse, casi estallé. No podía resistir. No podía negarlo.

—Te necesito ahora, Fallon. Necesito sentirte.

Me quité el chándal y la despojé de su ropa de dormir y las bragas sin pensarlo ni dudarlo.

—Yo también te necesito —dijo con voz ronca mientras me besaba de nuevo, con más fuerza que la primera.

—Necesito que solo seamos tú y yo. Sin nadie mirando ni ordenándonos nada. Sin bastones, sin cánticos. Solo nosotros. Te necesito solo a ti en el silencio de esta habitación.

—Solo tú y yo —coincidió ella con una determinación en los ojos tan implacable como el tono de su voz—. Solo te quiero a ti. Somos todo lo que importa en este momento.

Nuestros labios se encontraron de nuevo. Había una atracción que ninguno de los dos pudo resistir más. Nuestra hambre nunca se saciaba. El tiempo y la distancia nos habían mantenido separados durante demasiado tiempo, pero nuestras almas nunca se apartaron. Su corazón latía contra el mío mientras nos acercábamos más, y nos besamos de nuevo. Pero esta vez... esta vez...

Ese único beso tuvo el poder de unirnos para siempre. Podría arreglarlo todo de nuevo. El beso era la cura para las pesadillas. Un beso tenía el poder de ahuyentar a los fantasmas.

La quería en más de un sentido. La quería en este mismo segundo... y todos los días a partir de este momento.

Ahora. Para siempre.

Lamí su pecho y me moví hacia el otro para darle la misma atención. Bajé la mano por su vientre, húmedo por el deseo, sumergí un dedo en su clítoris y apliqué presión mientras ella despertaba en mí un anhelo abrumador que hacía que me faltase el aliento.

Abandonando su clítoris, presioné mis dedos entre sus tersos pliegues e introduje uno, y luego dos dedos en su sexo. Ella movió sus caderas hacia arriba para hacer que entraran más en sí.

No bastaba con eso. Quería sentir mi pene abriéndola

mientras reclamaba lo que ahora era mío. Tenía tantas ganas de estar dentro de ella que el hambre cambió lo que era.

Era un animal.

Era un acosador en busca de su víctima.

Era un hombre que necesitaba follar duro. Necesitaba follar con tanta fuerza que la pesadilla no volviera ni esta noche ni nunca más.

Incapaz de contener la fiebre que me abrasaba, le exigí:

—Abre más las piernas.

—Sí —ronroneó ella mientras obedecía mi orden.

—¿Quieres que te folle? —pregunté mientras hacía bailar mis dedos dentro de ella—. Dilo, Fallon. Dime qué quieres.

—Te quiero a ti —jadeó.

—Dime que quieres mi pene dentro de ti. —Quería escuchar las malas palabras saliendo de sus perfectos labios.

—¡Fóllame! —soltó ella, y un gemido le siguió a su orden—. Quiero que me folles duro y me hagas recordar la sensación entre mis piernas por días. Haz que me duela. Hazme daño. ¡Joder, fóllame!

—Esa es mi niña buena —la alabé—. Me gusta esa boquita sucia que tienes.

Parecía estar absolutamente desesperada en ese punto, cuando mis dedos tocaron un lugar dentro de su sexo que la hizo estremecer sin control. Me di cuenta de que necesitaba más.

Yo necesitaba más.

—Por favor, Rafe. Fóllame. Quiero sentirte hasta en la médula.

Tan hambrienta como estaba yo, me encontraba dispuesto a darle exactamente lo que me pedía. Sin poder esperar más, posicioné mi pene en su abertura y este entró fácilmente con la ayuda de su humedad. Ella envolvió sus piernas a mi alrededor y tomó el control total de cuán profundo estaría y cuán rápido llegaría al fondo.

Mis pelotas chocaron contra su vagina, estaba en lo más profundo de ella. Tenía tal ansia y urgencia que solo ella podía saciar.

Y con fuertes embestidas de nuestras caderas, la penetré hasta el fondo de una forma agresiva, posesiva y completa.

—Sí, sí, sí... Más profundo —gritó ella.

La embestí, adentro y afuera, cada vez más profundo con cada estocada. Mis gruñidos se mezclaron con sus gemidos a medida que nuestros cuerpos se fusionaban en uno solo. Ella era mi obediente guerrera en esta oscura guerra de lujuria, y yo siempre podría mandar sobre su cuerpo. Ya lo había degustado y ahora mi sed nunca se saciaría.

Como un vampiro que llama a la puerta, ella había abierto y me invitó a entrar. Ahora era mi momento de alimentarme.

—Eres mía, maldición —gruñí mientras la penetraba. Mis músculos estaban tensos y mis ojos cerrados con pura felicidad.

—Soy tuya. Soy tuya —gimió ella—. Nunca he sido de nadie más, solo tuya.

Su sexo se contrajo al mismo tiempo que sus palabras se convertían en fuertes gemidos que resonaban contra las paredes embrujadas de nuestra habitación.

—Soy tuya —repitió entre maullidos orgásmicos.

Como si siempre hubiera necesitado escuchar esas palabras, una ola de corriente eléctrica que había estado descansando en la pendiente del abismo desde que nuestras bocas se conectaron por fin se liberó. La pura carnalidad me recorrió el cuerpo mientras gritaba su nombre.

Me pasó los brazos por el cuello, apoyé la cabeza en su

hombro y cerré los ojos con ganas de que el momento durara para siempre.

—No más pesadillas —susurró.

—No más pesadillas —le dije mientras la besaba de nuevo.

No divisaba dulces sueños en mi futuro, pero por ahora... por ahora no habría más pesadillas.

CAPÍTULO 12

Fallon

Estaba pintando de nuevo y, por primera vez, sola en la habitación. Era algo extraño, pero cuando Rafe se despertó esta mañana, se marchó. Quizá sintió que había compartido demasiado conmigo anoche. ¿Me había enseñado demasiado sin querer?

Lo de anoche fue tan... crudo. Las cosas que había exigido... y yo me rendí ante él sin pensarlo dos veces.

Me tembló la mano mientras la pasaba por mi labio inferior. Cuando me exigió que le dijera que me follara... Un escalofrío recorrió mi cuerpo hasta de recordarlo. Pero cuando se despertó, solo musitó que tenía hambre y dijo que debería vestirme para poder ir a desayunar.

Después de la intimidad de anoche, de la intensidad y de la cruda pasión en la que por fin me dejó entrar un ápice a su interior, su frialdad era como un balde de agua fría en la cara. Le dije que no tenía hambre y que fuese solo. Después de todo, los hombres podían vagar solos en la

Oleander. Eran solo las bellas las que no podían salir de la habitación sin compañía.

Vaya mierda patriarcal. Era mejor concentrarse en eso que en el dolor que me hacía sentir su rechazo. De nuevo.

Una parte de mí había esperado que discutiera, pero no lo hizo, se limitó a asentir con la cabeza y se fue. Y me senté allí frente a mi caballete vacío sintiéndome... bueno, vacía.

Me quedé mirando los cuadros que había puesto en las paredes. Había uno pintado de azul verdoso en el que se veía a una mujer siendo tragada por la hambrienta tierra y un centenar de manos que salían desde un cementerio para arrastrarla hacia abajo.

Había muchos otros, pero posé los ojos en el más reciente: coloridos y explosivos remolinos que danzaban sobre fragmentos de vidrio rotos. Algunos fragmentos eran tan brillantes como el sol y otros oscuros como el pecado. Otros eran rojos como la sangre y la vida, y en otros había pares de ojos; los de Dios y los de los hombres mirando, siempre mirando. La lujuria, la vida y la muerte.

Me quedé mirando el lienzo en blanco que tenía ante mí. ¿Qué diablos se suponía que iba a pintar hoy? No podía pintar lo que sucedió anoche. Era demasiado personal. Demasiado...

Recordé fugazmente el sentir a Rafe embistiéndome, reclamándome con tanta rudeza, sin pausa y sin más ojos mirándonos, solo porque me deseó y me necesitó en ese momento. Dios, ¿qué se suponía que debía hacer con eso?

Puse mis acostumbradas pinturas base en mi paleta, sumergí mi pincel mediano en el pegote de negro y lo mezclé con blanco y azul hasta que obtuve un color grisáceo. Levanté el pincel hasta el lienzo, aún sin saber a dónde iba con él. Ni siquiera estaba segura de qué sentía respecto a lo de anoche, y respecto a todo.

En la universidad, luego de que me fui de la ciudad, por un tiempo sentí que finalmente me había encontrado a mí misma. Me quitaría el maquillaje gótico y dejaría relucir a la verdadera yo. O al menos pensé que lo había hecho.

Pero, ¿y si eso era solo otro espejismo? ¿Otra fachada que estaba adaptando? El de una chica saludable, lejos de su madre solitaria y del diminuto apartamento donde habían vivido con el dinero suficiente para sobrevivir pero nunca prosperar.

Había vivido el día a día oprimida por otras personas, y ahora sabía que eran los padres de Rafe quienes me habían mantenido de esa forma todo ese tiempo. Ejercían su poder sobre mi madre, a quien consideraban «inferior» solo porque sí; porque poseía un peligroso secreto sobre ellos y sus amigos de la sociedad. Porque sabía demasiado y me estaban utilizando a mí para mantenerla a raya.

Sin embargo, cuando comencé a dibujar el contorno de una mujer, me sentí bien. No pinté aún las líneas, sino las sombras. Era una de las primeras cosas que se enseñaban en la facultad de arte. Las líneas no eran más que ilusiones; es la manera en que nuestro cerebro limitado procesa una realidad visual que es demasiado compleja para él. No, no había líneas en esta vida, solo sombras infinitas y luz ocasional.

Pero... mi madre también había decidido quedarse. Asistía a estas fiestas semana tras semana, incluso cuando sabía que no ganaría dinero ni una vida mejor. Y luego de eso, se quedó en la ciudad conmigo.

¿Por qué? ¿Por qué no pudo haberse ido, liberarse de esto, huir, intentar empezar de nuevo?

Mientras pensaba, miré el lienzo frente a mí. No había blanco y negro, ¿es que no lo sabía? ¿Acaso no me había enseñado eso la facultad de arte? No era así como funcionaba la pintura ni la vida. El negro oscurecía y daba profundidad y complejidad a una imagen. El blanco iluminaba y realzaba un color. Al igual que el amarillo.

Pero era una mezcla tan salvaje.

Cuando comenzaba, rara vez sabía dónde iba a terminar. Quizá mi madre tampoco.

Desvié los ojos hacia la puerta. Me era tan sencillo pintar a Rafe con una enorme pincelada de chico malo, justo como con sus padres. No me llamó ni escribió cuando me fui. Nunca trató de encontrarme. La única razón por la que en estos momentos estaba en su vida era porque había entrado aquí a la fuerza; pero incluso ahora, él no me quería aquí. Tal vez me quiso por un rato anoche, cuando fui un cuerpo cálido en el que perderse y olvidar sus pesadillas.

Fruncí el ceño y mis pinceladas se volvieron más decididas al mismo tiempo que trabajaba en los ojos y las cejas de la figura. Puse mi pincel en los colores marrón, rosa, azul y blanco para crear un tono de piel, y luego continué.

Lentamente, con cuidado, pinté una cara: las profundidades sombreadas de una ceja y dos cavidades por ojos. Le di forma a una nariz, la menos común de cualquier cara, y persuadí la pintura para que imitara las tres dimensiones. Pinté la depresión justo encima del labio superior, en el centro, justo debajo de la nariz.

Volví a sumergir el pincel en el rosa que había creado y comencé a dibujar el contorno de los labios; labios familiares que veía en el espejo todos los días. Y entonces, después de respirar profundo, volví a sus ojos.

Comencé con el iris y lo pinté desde abajo. Un toque de negro oscuro y marrón ocre en el centro de cada ojo. Luego usé mi pincel de detalle para añadir las motas color oro, el brillo de la luz, la chispa de la vida.

Entonces volví al rostro, dando forma a su expresión.

Ella estaba triste.

Ella estaba perdida.

Ella era desafiante.

Ella iba a sobrevivir. Siempre sobreviviría y nunca se inclinaría ni doblegaría para besarles los anillos a nadie. Inclusive si ellos solo la consideraban hecha para estar de rodillas, fregando sus inodoros.

Ella era algo más.

—¿Es un autorretrato?

La voz de Rafe a mis espaldas casi me hizo manchar la mejilla de pintura negra, pero detuve el pincel justo a tiempo.

—Cielos —exclamé, dándome la vuelta para ver a Rafe apoyado en la puerta. Parecía cómodo, como si hubiera estado allí por un tiempo. Ni siquiera lo había escuchado abrir la puerta.

—¿Me estás acosando? —pregunté mientras trataba de controlar los latidos de mi corazón.

No se movió, sino que asintió con la cabeza hacia la pintura.

—No has respondido a mi pregunta. ¿Eres tú?

Me sorprendió su pregunta. Fruncí los labios y volví a mirar mi pintura, decidida a no dejar que me pusiera nerviosa.

—No —respondí concisamente—. Es mi madre. —Era la verdad, en su mayoría. Porque cuanto más miraba, más veía que en realidad era una amalgama de las dos, un camaleón de nuestras características.

Más que oírlo, sentí a Rafe entrar en la habitación. Y luego su calidez estuvo detrás de mí, pues me rozó el hombro con su barbilla.

—Es hermosa. ¿Es ella cuando tenía tu edad?

—Algo así.

Solo había visto fotografías de mi madre a mi edad, por supuesto, pero Rafe tenía razón: era hermosa. Aún lo era a su manera, por supuesto. Pero a mi edad era deslumbrante, y no me sorprendió que la hubieran elegido como una potencial bella, ni que la hubiesen convencido de quedarse para las fiestas sexuales después de que no la eligieran.

Y sí, era cierto que me parecía a mi madre, aunque a veces lo negaba. Cuando vi por primera vez su fotografía de joven, tuve que mirarla dos veces. Era como mirar una foto mía que no recordaba haber sacado. Algunas de mis características le eran ajenas, pero había algo en los ojos que nos hacía similares.

Supongo que la verdad del asunto era que este cuadro era de las dos, cohabitando el mismo espacio a la vez. Tal como habitamos brevemente la mansión Oleander, y como salimos de la experiencia cambiadas para siempre, si es que este último mes había sido un indicio de ello.

Mi madre se había marchado de aquí conmigo en su vientre. La doctora me había puesto una inyección en el brazo para evitar que eso sucediera mucho antes de que me presentasen ante Rafe junto con el resto de las bellas, pero ¿de qué otra forma podría cambiarme?

Tendría dinero, más dinero del que jamás podría imaginar, si lo que dijo mamá Hawthorne era cierto. Yo confiaba en ella. Quizá era una tontería.

Confiaba con demasiada facilidad. Entonces me había cerrado de par en par y nadie podía entrar. Nadie podía pasar la interminable letanía de pruebas para demostrar su valía. Ciertamente, Jeoffrey no pudo, y era el chico más agradable que jamás hubiera conocido. Pero ni siquiera él pudo penetrar el frío escudo de hierro que había hecho alrededor de mi corazón.

—Se ve triste —dijo Rafe, todavía detrás de mí, tan cerca

que podía sentir su cálido aliento en mi oreja—. Hermosa, pero triste.

Dejé el pincel sobre la mesa lateral y me di la vuelta para mirarlo.

—¡Bueno, tal vez tiene el maldito derecho a estar triste! Tal vez la vida la maltrató tantas veces que se volvió más sabia para reconocer a las personas que intentaban manipularla y usarla. Tal vez por fin aprendió a luchar por sí misma.

Los ojos de Rafe se ensancharon.

—Vaaaale —dijo—. Cálmate, Fallon. Es solo un cuadro.

¿Solo un cuadro?

Por lo menos se dio cuenta de lo que había dicho y levantó las manos en señal de defensa.

—Espera, eso sonó mal. Lo que quise decir es que en la vida real ella es feliz. Tiene un buen trabajo y está cómoda.

Lo miré fijamente. ¿De verdad era tan despistado?

—¿Y crees que eso hace feliz a alguien?

Frunció el ceño.

—Bueno, no, por supuesto que no. Pero cada vez que veo a tu mamá, ella está feliz y sonriente, y siempre canturrea sola. Ya no se ve así. —Señaló mi pintura—. Encontró la paz más adelante en la vida, incluso si no la tuvo cuando era joven, por alguna razón.

—¡Dios, a veces puedes ser tan tonto!

—¿Qué? ¿Que hice ahora?

—¿Qué crees que la gente ve cuando te mira? —le pregunté.

Se veía confundido, pero también parecía que no le gustaba la dirección que esto estaba tomando. No me iba a detener, así que continué:

—Ven a un chico guapo y despreocupado que tiene el mundo a sus pies. ¿Eres feliz, Rafe? La gente te mira y asume que eres feliz. Tienes todo lo que puedes necesitar: comida, abrigo.

Me acerqué a él, ignorando la pintura húmeda de mi delantal.

—¿Eres feliz, Rafe? —Pero ya se encontraba negando con la cabeza al mismo tiempo que me miraba como un ciervo frente a los faros de un auto.

—Ambos conocemos la respuesta —susurré—. Estás tan perdido y eres tan infeliz como ella. —Hice un gesto hacia la pintura con la cabeza.

Rafe frunció el ceño y entonces su mirada se intensificó.

—Esa no es tu mamá, ¿verdad? Eres tú.

Parpadeé. Espera, no tenía permitido poner esto en mi contra.

—¿Por qué estás perdida, Fallon? —Extendió la mano y pasó su enorme dedo por mi ceja derecha—. ¿Por qué estas triste?

Retrocedí.

—No estoy triste.

¿Cómo se atrevía a decir que estaba triste?

Me agaché, cogí el tubo de pintura color rojo brillante y exprimí una gran cantidad de pintura en mi mano; luego, me volví hacia el lienzo y lo unté en diagonal sobre la pintura.

La pintura al óleo aún estaba húmeda, por lo que el rojo se difuminó en los rasgos, y cuando llegué al final del lienzo, lo que comenzó como una clara franja roja se había enturbiado por la tristeza oscura de la mujer.

Aun así, cuando di un paso atrás, me sentí satisfecha. Me volví hacia Rafe y me encolericé.

—No estoy triste, estoy furiosa. ¡Pinto mi ira porque nadie me deja gritar, maldita sea! —dije, a pesar de que grité la última palabra.

Porque aquí, al final de este largo camino bordeado de robles, ¿quién diablos me oiría además de mamá H, el servicio y... ah, claro, la otra bella y su iniciado?

Probablemente no sería bueno para ella escuchar a otra mujer gritar y chillar. Si hubiera escuchado eso en mi primera semana, me habría asustado, así que cerré la boca.

Cerré la boca y busqué otro lienzo, y mi mano roja dejaba manchas a medida que me movía. Esta vez no me molesté con el pincel. Vertí grandes pegotes de pintura, esta vez de acrílico, y entonces comencé a pintar con los dedos.

Brillantes colores amarillo, naranja y rojo profundo. Al principio no estaba seguro de qué era, pero pronto me di cuenta de que estaba pintando un fénix. Una hermosa diosa fénix que se levantaba de las cenizas.

Una y otra vez intentaron matarla y pensaron que lo habían hecho, pero ella siguió subiendo más. Nunca podrían reprimirla sin importar cuánto lo intentaran.

Casi había olvidado que Rafe estaba allí hasta que dijo:

—Cielos, desearía poder hacer lo que tú haces. Ya lo veo. Gritas sobre el lienzo. Es hermoso. Siempre fuiste la valiente de los dos.

Maldito sea. Era como una daga al corazón.

Hoy había comenzado a pintar para olvidarme de él; para escapar de él. Para decirme a mí misma que era como sus padres, que cualquier debilidad que pudiera haber presenciado anoche no fue más que un momento errante.

Pero cuando decía cosas como esa... o hacía cosas como traerme las pinturas, en primer lugar...

¿Por qué seguía confundiéndome de esta forma? Yo tenía todo resuelto. Tenía mi nueva vida, un hombre nuevo, un título universitario... Y, sin embargo, algo me había hecho volver a este lugar de mierda. Porque la verdad era que Rafe no era el único con fantasmas del pasado que lo atormentaban. El suyo tenía una única cara: su hermano.

Pero el mío... El mío era un dolor sin forma. Como una extremidad perdida cuya forma casi podía sentir a veces; era una pérdida prolongada, un dolor prolongado por lo que alguna vez fue tan importante tras haber sido cortado violentamente.

Porque era él.

Rafe era lo que había perdido. Rafe era lo que extrañaba y ansiaba en medio de la noche. Era él la parte de mi vida que había sido cortada tan brusca y repentinamente, y aún no entendía el porqué; por qué me había dejado ir, por qué...

—¿Te gustaría aprender? —pregunté, interrumpiendo mis pensamientos problemáticos. Hice un gesto hacia el lienzo. «Solo concéntrate en la pintura, Fallon». Dios mío, ¿es que podía dejar de llevarme por mis pensamientos por alguna vez en mi vida, maldición?

Rafe se rio, incrédulo.

—¿Qué? No, no sé pintar. —Retrocedió unos pasos como para demostrármelo.

Lo cual me hizo sentirme el doble de decidida.

—Eso es una tontería. Todo el mundo puede pintar.

Dejé el lienzo en el que estaba trabajando y saqué otro. Mamá H me mantenía bien provisto de lienzos y pinturas pues Rafe lo había pedido. Lo que un iniciado quería, lo conseguía, después de todo.

—Mira, comenzaremos con algo fácil. Un árbol. Todos pueden pintar un árbol.

Rafe me miró con escepticismo, pero no hice más que ponerle los ojos en blanco.

—Ten, pon tus dedos en este color oscuro, justo aquí. —

Mezclé una gran cantidad de pintura color marrón, negro y azul.

—¿Mis dedos? —Rafe sonaba confundido, como si pensara que estaba loca.

Le sonreí.

—Sí. Vamos, no puedes decirme que nunca antes has pintado con los dedos.

Esta vez fue él quien me puso los ojos en blanco, pero como un chico bueno, puso su pulgar en la pintura, aunque hizo una mueca al hacerlo. Lo cual fue gracioso porque el Rafe que conocí en aquel entonces nunca dudaba en ensuciarse. Cuando éramos niños, hacíamos innumerables pasteles de barro en el jardín lateral, para la preocupación de mi madre. Siempre tenía que limpiar a Rafe antes de que la señora Jackson lo viera.

—Ahora coloca tu dedo en el lienzo para el tronco del árbol.

Él vaciló.

—¿Dónde?

Me reí.

—En cualquier lugar. No tiene que ser perfecto. Empezaremos a hacer el tronco. Ven, lo haremos juntos. Estamos haciendo las sombras. —Hundí dos dedos en la pintura y luego extendí el brazo por su espalda para guiar el suyo hasta que ambos estuvimos tocando el lienzo.

Su ancha espalda se sentía tibia apoyada contra mi pecho, y solo en ese momento me di cuenta de lo íntima que era la posición. No dejé que eso me disuadiera.

—Entonces, ¿trazo el tronco del árbol? —preguntó Rafe, y su mano comenzó a moverse hacia arriba en línea recta.

Negué con la cabeza y le agarré la muñeca para detenerlo.

—No. Debes dar ligeros toques o pinceladas pequeñas.

Así. —Demostré cómo hacerlo y él manipuló el pincel con torpeza para imitarme.

—No parece un árbol —comentó.

—Hombres de poca fe —dije entre risas.

Lo guie y pintamos con el color más oscuro mientras planeaba el árbol en mi cabeza.

—Ahora usaremos algunos tonos marrones y amarillos más claros. Ayúdame a mezclarlos en la paleta.

Exprimí una pequeña cantidad de los tubos acrílicos y fue entonces cuando sentí sus ojos puestos sobre mí. Cuando miré hacia arriba, me encontré con la intensidad de su mirada.

Cerca. Estaba tan cerca. Metió sus dedos en la pintura y comenzó a mezclar los colores sin que yo le diera instrucciones. Me quedé sin aliento cuando me cogió de la muñeca y me dijo:

—Enséñame de nuevo cómo hacerlo. —Me llevó hacia el lienzo de una forma en la que mi cuerpo quedó envuelto por el suyo desde atrás.

Repentinamente fui muy consciente de cada contorno de su cálido cuerpo frente al mío; de la fuerza en sus bíceps mientras extendía su brazo hacia la pintura. Espera, ¿qué estaba pasando? ¿Cómo había cambiado la dinámica de poder tan de improviso? Se suponía que era yo quien controlaba todo. Pero ahora, ahora él...

Sus dedos firmes y fuertes se entrelazaron con los míos, untándome pintura al mismo tiempo que nuestras manos se prolongaban. El cuadro quedó en el olvido cuando mi respiración se detuvo, y él se dio la vuelta.

Conectó sus labios con los míos y yo le pasé las manos por el cuello.

La tensión que se había acumulado entre nosotros se liberó repentinamente en forma de tsunami. Nos estábamos manchando de pintura, pero a ninguno de los dos nos importó un bledo. Lo necesitaba. Lo necesitaba con tanta desesperación como él me necesitó anoche.

Estaba perdida sin él. Estuve perdida tan pronto como me fui de esta ciudad. Había fingido, y lo hice tan bien. Fingí ser una mujer completa y normal. Me dejé crecer el cabello castaño natural y dejé de usar el maquillaje gótico. Me dije a mí misma que había dejado Darlington atrás y que mi pasado no tenía por qué definir mi futuro.

Pero no era más que una herida abierta que nunca había sanado.

Este chico, que ahora era un hombre, se había instalado muy dentro de mi ser. Sí, en lo más profundo. Lo necesitaba en lo más hondo de mí.

Me bajé las mallas y Rafe estuvo en la misma sintonía. Hizo lo mismo con sus pantalones y después me apoyó contra la pared más cercana.

Su pene ya estaba rígido como una roca y yo estaba tan húmeda como la miel. Me atravesó con su miembro y gemí de satisfacción al sentirme llena de él.

Dios, sí. Esto era lo que necesitaba, lo que siempre había necesitado. Lo que nunca había sabido, pero que siempre supe.

Me apresuré a cogerle de la camiseta para acercarlo a mí, pero eso no bastó. No, necesitaba su piel. Le subí la camiseta y le mordisqueé la piel. Estaba hambrienta de él; de cada parte de él.

Él profirió un grito, sorprendido cuando le clavé los dientes en el pecho. Y luego me subió la cabeza y me besó con fuerza, devolviéndome la devoción.

Me folló con fuerza y por mucho tiempo, y entonces me miró a los ojos con una intensidad que debería haberme asustado, aunque no lo hizo. Luego me folló lenta y profundamente.

Y entonces las lágrimas corrieron por mi rostro cuando un orgasmo me sacudió en una serie de temblores, y su rostro se tensó mientras se vaciaba en lo más profundo de mí. Los dos nos abrazamos como si nuestras vidas dependieran de ello.

La pieza que me faltaba por fin estaba en su lugar. Con Rafe, finalmente, me encontraba en casa de verdad.

CAPÍTULO 13

Rafe

Si pudiera hacer que el tiempo se congelara, lo haría. Las cosas habían ido con normalidad... o con tanta normalidad como fuese posible cuando se estaba encerrado en una habitación, rodeado de cuatro paredes que parecían venirse encima más y más cada día, cada minuto, cada segundo. Nuestra conexión, aunque fugaz, había sido real.

Y mientras mirábamos la caja grande en nuestra cama, ambos supimos que otra prueba ocurriría esta noche. Fallon había hecho cada prueba con un coraje que no sabía que poseía. Siendo honesto, era un coraje que yo mismo necesitaba para superarlas. Ella nunca vacilaba ni se negaba. Atacaba cada prueba con venganza. La mujer incluso permitió que los cabrones le tatuaran la cadera.

¡Dejó que la tatuaran con el emblema de la Orden!

Pero por lo que me había contado Sully, tuvimos suerte de que solo fuera un tatuaje. Los ancianos habían insistido en que las dos primeras bellas, y las innumerables bellas antes que ellas, fueran marcadas con un hierro candente. Fallon tuvo suerte de que no se lo hicieran a ella, solo fue un simple tatuaje. Quizá Montgomery logró hacer cambios dentro de la Orden. Quizá...

Miré mi nuevo tatuaje de sables cruzados y me di cuenta de que, aunque yo tenía un tatuaje con el que recordaría esta iniciación para siempre, Fallon también tendría un recordatorio eterno en su cadera.

Y sin embargo... no se quejó ni una sola vez. Siguió los pasos de esta grotesca danza como una bailarina bien entrenada. Si no la admirara ya, lo haría ahora. ¿Cómo no admirarla? Esta mujer me dejaba anonadado, y en verdad creía que era una bella inquebrantable.

—La caja es grande —dijo mientras ambos la mirábamos—. Puede que signifique que esta vez sí hay algo que me pueda poner.

—Solo hay una forma de averiguarlo —dije mientras me movía para levantar la tapa.

Fue Fallon quien sacó el vestido blanco, y se quedó con los ojos y la boca bien abiertos.

—¿Un vestido de novia?

No cabía duda de que era un vestido de novia con capas de delicado encaje y bordados cosidos a mano.

Ella me miró con confusión en los ojos.

—No esperarán que nos casemos esta noche, ¿verdad?

Me reí mientras ponía los ojos en blanco.

—No. De ningún modo. No se supone que nos casemos con las bellas. Solo son para...

Maldita sea. A veces no pensaba antes de hablar. Un fugaz momento de dolor brilló en sus ojos y luego retrocedió para alejarse de mí, sosteniendo el vestido aún contra su pecho.

—Sí, las bellas estamos aquí para que nos follen y, con suerte, nos quiebren. Vaya idiota que soy por siquiera pensar lo contrario —soltó.

—Eso no es lo que quise decir. No me refería a...

—Lo entiendo. Las bellas no están hechas para el matrimonio —dijo con amargura.

Me acerqué hacia ella y deseé tener una bandera blanca que pudiera alzar. No fue mi intención hacerla enfadar.

—Lo siento.

Se alejó más y se encogió de hombros.

—No soy una ilusa. Sé que los preciosos muchachos de la Orden están destinados a estar con alguna zorra rica de la alta sociedad que ha sido preparada para ser su esposa.

Me miró por primera vez desde que metí la pata.

—Crecí en Darlington, ¿recuerdas? Sé exactamente cómo va esto.

Sin decir una palabra más, se dirigió al cuarto de baño con el vestido en la mano y cerró la puerta tras ella.

Yo saqué el esmoquin blanco de la caja y comencé a vestirme. Podría ir y tratar de llamar a la puerta, y tal vez rogar un poco, pero conocía a Fallon. Cuando estaba enfadada, necesitaba tiempo para calmarse. Cuando esa mujer se cerraba, no había forma de abrirla en absoluto. Y en este momento, ambos necesitábamos concentrarnos en la próxima prueba, porque algo me decía que esta nos presionaría aún más que todas las demás juntas.

—Te ves hermosa con ese vestido —la elogié mientras nos dirigíamos hacia el salón de baile.

—Menos mal que no nos vamos a casar, ya que ver el

vestido antes de los votos da mala suerte —dijo con un tono mordaz que no me pasaba desapercibido desde que la insulté accidentalmente.

Independientemente de lo que ella sintiese, o de lo que ambos sintiésemos a medida que nos encaminábamos hacia una noche que sin duda sería horrible, parecíamos novios; ella con su vestido de novia largo y ondeante que se ceñía a cada curva de su cuerpo, y yo con mi esmoquin blanco y un lirio violeta en el ojal, el cual proporcionaba color a mi traje blanco.

—Si tuviera que casarme contigo esta noche, lo haría —dije en voz baja.

—Sí, bueno... es fácil conseguir la nulidad. Así que, si tenemos que hacerlo, entonces lo hacemos. Lo que sea necesario para pasar la prueba de la noche —dijo mirando al frente.

El sonido de sus tacones impactando contra el suelo y el ruido de su vestido me ayudaron a distraerme de su cortante respuesta. Pero, aun así... sus palabras me dolieron.

—Quise decir que no querría hacer esto con nadie más que no fueras tú.

—Sí, vale —musitó.

—Vamos, Fallon. Tenemos que entrar en ese salón como equipo, como una unidad. Lamento haberme expresado mal. No era mi intención hacerte enojar, pero, te lo pido, ¿puedes dejarlo pasar? Necesitamos estar unidos para enfrentarnos a los ancianos.

En lugar de contestar, se limitó a abrir la puerta del salón de baile y a entrar. Listos o no, íbamos a por esta prueba. Lo único que esperaba era que este no fuera de verdad el día de nuestra boda en el que la novia estaba enojada con el novio. Sin embargo, la idea de casarme con

Fallon... Cielos. Parpadeé un par de veces. No podría decir que me molestara esa idea, lo cual me sorprendió un poco. Sabía que mi madre esperaba que me casara con una persona de su círculo en la alta sociedad llegado el momento, pero siempre me había imaginado solo. Aun así, la idea de tener a Fallon a mi lado, como mi socia en la vida...

Esperé ver a todos los ancianos y a los miembros de la Orden en el salón de baile cuando entramos. Demonios... Una parte de mí esperaba ver una sala llena de invitados a la boda y una fiesta de bodas a gran escala. Pero, en cambio, solo había un anciano con su capa plateada.

—Rafe Jackson, Fallon Perry, síganme —anunció el anciano mientras nos llevaba a las afueras del salón de baile. Seguimos por un pasillo y entramos a una pequeña sala de estar.

Había estado en esta sala un par de veces de niño, así que reconocí los lujosos muebles de caoba, los sofás y sillas de terciopelo gris y el leve olor a humo de cigarro que persistía en el aire. Incluso había una *chaise longue* cerca de las ventanas para las mujeres del pasado que se desmayaban por tener el corsé demasiado apretado para poder respirar bien.

Aunque la sala era más pequeña que la mayoría en la Oleander, podía acomodar tranquilamente a todos los ancianos y miembros. Todos estaban sentados o de pie con una copa en la mano, como si fuera una noche cualquiera tomando un cóctel con los amigos.

—Fallon Perry, sígueme —dijo el mismo anciano que nos condujo a la sala.

Consideré tomar a Fallon de la mano e insistir en que iría a donde sea que ella fuera, pero conociendo su estado de ánimo en este momento, no creí que mi gesto fuese valorado. Solo me quedaba recordarme a mí mismo que ella era fuerte, mucho más fuerte de lo que creía, y que podía cuidarse sola.

El anciano la llevó a un pequeño guardarropa a la derecha de la sala. Solo sabía que era un guardarropa porque, cuando éramos niños, usábamos esa sala como escondite al jugar a las escondidas. El anciano la metió dentro y cerró la puerta con candado tras candado. Había muchos candados, y aunque no me gustaba la idea de que Fallon estuviera encerrada en otra sala, no entendía el propósito de todos los candados.

—¿Quieres tomar una copa? —preguntó mi padre acercándose a mí y ofreciéndome una copa.

Lo recibí y asentí, sorprendido de que me hablase. Era extraño que, como hijo suyo, siempre me desconcertara cada vez que el hombre me dirigía una palabra.

—Estoy orgulloso de ti, hijo —me felicitó por primera vez en mi vida—. Te he visto manejar cada prueba con un nivel de aplomo y gracia que hace que me enorgullezca que seas un Jackson.

Tragando el nudo que se formó al instante en mi garganta, apenas logré graznar:

—Gracias, papá. Eso significa mucho para mí.

—Sé que esto no es fácil. Tampoco lo fue para mí. Pero solo quería que supieras que estoy impresionado, al igual que los otros ancianos. Vas a ser un muy buen miembro de la Orden del Fantasma de Plata.

Tomé un trago y nos quedamos en un incómodo silencio antes de que alzara su copa y luego se diera la vuelta para ir con los ancianos. No estaba acostumbrado a recibir cumplidos semejantes, ni ningún cumplido, y los sentimientos que me embargaban eran extraños.

No estaba seguro de lo que se suponía que debía hacer y tampoco confiaba en que Fallon estuviese en el guardarropa así sin más, así que di un par de pasos hacia a la puerta para poder estar más cerca. Quería poder escucharla si me necesitaba y me llamaba.

—Estas son para ti —dijo un anciano con un enorme llavero de plata. Estaba lleno de llaves que sin duda pertenecían a todos los candados de la puerta. Debía haber más de veinte, tal vez treinta.

Antes de que pudiera preguntar qué estaba sucediendo y descifrar lo que se suponía que debía hacer con las llaves, escuché un grito espeluznante desde el interior del guardarropa. El grito fue tan fuerte y tan penetrante que casi no podía creer que fuera Fallon.

—¡No! Sáquenme de aquí. ¡No! —gritó Fallon, sacudiendo el pomo de la puerta y golpeándola—. ¡Déjenme salir! ¡Déjenme salir!

Mi instinto natural fue cargar contra la puerta, pero me detuve a media acción cuando me di cuenta de que no podría abrir la puerta y ya. Los candados harían que fuese complicado y consumiría mucho tiempo.

—¿Fallon? ¿Qué está pasando? ¿Fallon? —grité, decidiendo preguntarle a ella en lugar de a la sala llena de hombres que no parecían estar perturbados en lo más mínimo por los aullidos de la mujer desesperada por huir del guardarropa.

—¡Rafe! Ayúdame a salir de aquí. Sácame de aquí. Dios mío, ¡sácame! —A sus palabras les siguieron chillidos y gritos agudos—. Ay, Dios mío, ¡están en todas partes! ¡En todas partes!

La voz de un anciano se oyó por encima de sus gritos, y dijo:

—Hay una antigua creencia sureña que dice que encontrar una araña en el vestido de novia da buena suerte. Puede ahuyentar a los malos espíritus. Y ya que necesitamos toda la suerte y ayuda que podamos para ahuyentar el espíritu de Timothy Jackson, añadimos un par de arañas más.

Fue entonces cuando miré hacia abajo y vi cientos de diminutas arañas que salían por debajo de la rendija de la puerta. Cientos de ellas estaban escapando, pero si había cientos huyendo... ¿cuántas seguían dentro?

Los gritos de Fallon respondieron a mi pregunta.

Arañas, ¡mierda! A Fallon siempre le habían aterrado las arañas. Siempre habían sido uno de sus mayores temores... y sin duda los ancianos lo sabían.

Eran unos enfermos de mierda.

—Depende de ti salvar a tu bella —anunció otro anciano—. Tú tienes todo el poder. Tienes las llaves. El tiempo que sufrirá está bajo tu control. Torturarla o salvarla es tu elección.

Incapaz de tomarme el tiempo para procesar las palabras de los hombres sádicos que estaban a mis espaldas, traté de abrir el primer candado, una llave a la vez.

—¡Ya voy, Fallon! —exclamé hacia la puerta mientras trataba de tranquilizar mi mano temblorosa—. Aguanta. Voy a sacarte de ahí.

—¡Se me están subiendo encima! ¡No puedo quitármelas! ¡Hay tantas! Rafe. ¡Rafe!

Más gritos. Más llantos. Tal como la noche en que murió mi hermano. Sonidos inolvidables de angustia y horror. Una y otra vez la escuché llorar y gritar en la puerta. Golpeaba la madera con sus puños, pero yo sabía que sus acciones eran inútiles. Solo yo podía sacarla. Solo yo. Todo recaía en mí.

Logré abrir un candado, pero no pude alegrarme porque aún quedaban muchos por abrir. Las arañas comenzaron a trepar por mi pierna, ennegreciendo la tela blanca, pero tuve que concentrarme en mis manos y las llaves. Las pisé, pero pronto me percaté de que había demasiadas para poder derrotarlas.

—Solo sigue apartándotelas de encima. Puedes hacer esto, Fallon. Puedes hacerlo —traté de calmarla mientras probaba las cerraduras repetidamente, tratando de encontrar la llave correspondiente.

—¡No puedo respirar! ¡No puedo respirar!

—Sí puedes. Respira profundo. Eres fuerte. Puedes con esto.

—¡Sácame de aquí! ¡Ya! ¡Ya!

Necesitaba detener los gritos. Necesitaba pararlos. Eran idénticos al grito de mi madre. Tal como el aullido de mi padre dirigido tanto al diablo como a Dios.

Pero los gritos de Fallon eran peores. Mucho peor.

—Intenta calmarte, Fallon. Estoy trabajando lo más rápido que puedo para liberarte.

Una parte de mí quería pedirle ayuda a los ancianos y exigirles que me ayudaran a sacarla, pero en este punto yo era el único que podía hacer esto. De todas formas, no había suficiente espacio para que otro par de manos además de las mías trataran de abrir las cerraduras.

—Por favor, Rafe. Por favor sácame de aquí. —Sus gritos se estaban convirtiendo en sollozos—. ¡Están en mi pelo! ¡Mi pelo!

Le estaba fallando. Al igual que le había fallado a mi hermano por no salvarlo. No podía hacer esto. No podía hacer lo que se requería.

—¡Date prisa! —gritó, sacándome de mi autocompasión. Necesitaba sacarla de aquel sitio—. No puedo estar aquí. No puedo.

Bajé la vista hacia mis piernas y vi que ahora estaban cubiertas de arañas casi por completo. La tela blanca se veía

ensombrecida con las pequeñas motas negras que se arrastraban. Solo podía imaginarme cómo se vería el blanco
vestido de novia de Fallon al otro lado de esta puerta.

—¡Ya voy! ¡Ya voy!

Pero los gritos continuaron.

CAPÍTULO 14

Fallon

Estaba de regreso en aquel lugar. Jugando en el viejo granero.

No se suponía que estuviera jugando allí, pero Rafe estaba jugando con sus otros amigos, Montgomery, Beau y los otros chicos.

No tenía más amigos que Rafe. Él era popular, y yo era la chica rara en la escuela que usaba zapatos viejos y desgastados y uniformes usados. Los niños se burlaban de mí por estar sucia. Decían que no me duchaba, pero sí lo hacía. Algunas mañanas no tenía tiempo para ello, pero siempre me aseguraba de no oler mal. No era justo que dijeran que olía mal, porque no era cierto. Me aseguraba de eso y muy bien. Incluso me ponía talco para bebés debajo de los brazos para garantizarlo.

Pero eso no impedía que se burlasen, ni que dejasen de decirme que tenía piojos o que sus padres seguían intentando que me echaran de la institución, pues no les parecía bien que sus hijos tuvieran que ir a la escuela con «un caso de la caridad». Habían pagado una buena pasta para que fueran allá y no era justo que una sucia y tonta muchacha llegara a estar en las mismas clases que ellos. La hija de la criada.

Habían trabajado muy duro para darles a sus hijos las ventajas que tenían, y ¿qué había hecho mi madre? Le había abierto las piernas a algún perdedor y nunca logró ir a la universidad. Decían que no era justo. Aquello les enseñaba a sus hijos que el trabajo duro no era recompensado, que simplemente se podía saltar al frente de la fila sin esfuerzo. Piensen en los niños.

Pero la junta escolar no cedió y se me permitió seguir yendo a la escuela allí. Lo cual no impidió que la gente tuviera sus opiniones al respecto y, claramente, también las tenían sus hijos, porque no las mantenían en silencio.

Todos en la escuela me odiaban. Excepto Rafe. Sus amigos eran bastante amables conmigo cuando no me estaban ignorando. Pero Rafe no podía protegerme cada segundo del día y las chicas eran crueles. En especial Julia, que estaba enamorada de él.

Hoy fue mala conmigo en el patio de recreo y me dijo que nadie me quería allí y que debería mudarme a México, donde pertenecía. Me quedé confundida y le dije que no era mexicana, pero ella solo se rio y dijo que era tan estúpida que ni siquiera sabía de dónde venía.

Pero yo nací en el hospital del condado de Darlington, igual que ella, y así se lo dije.

Fue entonces cuando me golpeó. Mientras yacía en el suelo, me volvió a decir que era una tonta. Entonces, cuando llegué a casa de la escuela, corrí directamente hacia el granero que estaba detrás de la casa de Rafe en lugar de esperar detrás de las cocinas, como solía hacer. No quería que mamá viera el moretón que tenía en el ojo.

Estúpida Julia. Pateé un fardo de heno, deseando que fuera su cara.

Fue entonces cuando sucedió.

Le di una patada al dorado fardo de heno, y entonces este comenzó a ponerse negro. Al principio me quedé confundida y me incliné para ver qué había ocurrido.

Y entonces las vi. Debí haber perturbado un nido de arañas, pues todas se estaban dispersando, pequeñas y diminutas arañas.

Empecé a gritar, pero era como si me hubiera quedado paralizada. Tal vez me habían escupido con un veneno paralizante. Eso fue lo que pensé, pues no podía moverme, en el sentido literal.

Odiaba las arañas, siempre lo había hecho, pero nunca me había pasado nada similar; nunca estuve tan cerca de lo que se sentía como miles y miles de arañas, todas saliendo de ese pequeño agujero.

Salieron del fardo, terminaron en el piso y se dirigieron a la suela de mi bota.

Huir. ¡Necesitaba huir!

Pero estaba inmóvil. Tan inmóvil como cuando Julia había dicho esas cosas horribles y todas las otras chicas se habían reído y reído de mí. No había sido capaz de responderle, salir corriendo o hacer nada más que soportarlo y contener las lágrimas, pues llorar me habría hecho parecer aún más estúpida e inclusive más inferior frente a esas chicas malas.

Y las arañas se fueron acercando en un enjambre, más y más cerca de mí, y todo lo que pude hacer fue gritar y verlas venir. Estaban a punto de atraparme, de abarrotar mi pequeña pierna, de devorarme hasta que no quedara nada de mí. Me sentía justo como después de que Julia y su pandilla por fin me dejaran en paz: como si no quedara nada dentro...

Se subieron por mis botas y mis mallas. Grité y grité, y me sentí mareada.

«¡Corre, corre!» gritaba mi cerebro, pero tenía los pies de plomo y no podía hacer nada para salvarme.

Pero entonces oí su voz.

—¡Fallon! ¡Fallon!

Rafe. Mi héroe.

Se abalanzó sobre mí justo antes de que todas esas arañas me devoraran. Me tiró hacia atrás y me quitó de encima todas las arañas. Me sacó la bota de un tirón y me examinó para buscar picaduras de arañas. Me llevó a su habitación, y cada vez que le decía que sentía otra araña y tenía ganas de llorar, hacía una profunda «inspección de arañas» con una linterna para asegurarme que ya estaba a salvo.

Él mejoraba todo cuando ya estaba segura de que estaba perdida.

Todo volvió como un torrente de recuerdos.

Excepto que esto no era un recuerdo, sino que era muy, muy real. Y estas no eran inocentes arañitas de granero que había desenterrado. Había suficiente luz para ver los lomos enormes, gordos y peludos de las pequeñas plagas.

Y la adrenalina horrorizada de cuando era una niña inmóvil me estaba dando con toda su fuerza. Heme aquí gritando de nuevo, salvo que esta vez Rafe no podía alcanzarme.

Me estaban trepando las piernas. Dios mío, estaban sobre mí. Estaban por todas partes. No podía escapar, no podía quitármelas de encima. Si las tocaba, las tendría en las manos y me morderían, y...

—¡Rafe! —grité—. ¡Rafe, ayuda! —Odiaba que todo lo

que pudiera hacer fuera gritar como una niña. Una niña patética y estúpida.

Pero estaba paralizada, derramaba lágrimas tontas e inútiles. Estaba inmóvil y congelada mientras ellas se arrastraban, mientras se metían debajo del vestido y subían por mis piernas, mientras subían por el encaje, ocultando el color blanco del vestido con su negro cubriéndome y consumiéndome. Me comerían viva. No sería más que huesos en un vestido. ¿Por qué no venía Rafe? ¿Por qué no me estaba salvando esta vez?

—¡Rafe! —grité, aunque esta vez mi voz era solo un siseo. Una de las arañas había llegado a mi pecho. Subió por mi cuello y enmudecí.

Dios mío, era tan grande. Era muy grande y peluda, y sus patas eran tan largas.

Apenas podía respirar; sin embargo, estaba respirando con demasiada fuerza. Me iba a desmayar. Mi pecho se movía de arriba abajo demasiado rápido. Traté de congelarme, de dejar de respirar, pero no podía detenerme. Seguía entrando en pánico, las lágrimas salían de mis ojos, la araña estaba subiendo por mi cuello... Estaba en mi cara, Dios mío, Dios mío, estaba en mi cara. Mi cara. MI CARA. Estaba arrastrándose, pasándome sus patas peludas por mis labios...

Di un traspié y mi visión se oscureció.

—¡Fallon!

Rafe entró por la puerta con mucha fuerza.

Llevó sus manos a mi rostro y me apartó de una manotada la araña de los labios. Estaba tan mareada que apenas pude sentirlo quitándome el vestido y dando pisotones; pisoteaba con fuerza a nuestro alrededor y gritaba como si eso asustara a los pequeños monstruos.

Luego tiró de mí, sacándome así de la pequeña, húmeda

y terrible habitación, y llevándome hacia la luz. Una multitud de hombres estaba allí mirándome. Todos habían estado presentes mientras yo gritaba por mi vida. El horror de esa situación apenas se vio mitigado por el terror de las arañas. Y ellas aún estaban sobre mí, seguían trepando por mis piernas.

Volví a la vida, gritando y retorciéndome en los brazos de Rafe.

—¡Quítamelas! ¡Quítamelas de encima!

—¡Lo estoy intentando! No te muevas —dijo Rafe.

Pero no pude. Ahora que por fin podía moverme, era incapaz de dejar de hacerlo. No podía dejar de retorcerme y pegarme en la piel.

Rafe pasó sus manos por todo mi cuerpo, pero no pude detenerme. Me picaba por todas partes. Sentía sus horribles patitas por todos lados. Era interminable. Estaban encima de mí, estaban en mi cabello, se arrastraban por mis lugares más íntimos... Me di golpes en la vagina, grité, me doblé, me tiré del pelo.

—¡Fallon! ¡Fallon! —gritó Rafe, abrazándome a él—. Está bien, ya estás bien. Te las quité todas. Estás a salvo. Ya se han ido. Las quité todas.

Pero no podía creerle, pues aún las sentía. Estaban por todas partes. Estaba paralizada y él no llegó a tiempo, y me estaban mordiendo, comiéndome viva, lo cual era mi peor pesadilla. Seguía encerrada en esa habitación y él aún estaba al otro lado de la puerta. ¿Por qué estaba inmóvil? ¿Por qué no podía moverme? ¿Por qué diablos no podía protegerme a mí misma?

—¡Quítamelas! ¡Quítamelas!

—Que alguien le dé un sedante.

Seguí gritando y rascándome. Rafe me sostuvo los brazos a un costado para luego acallarme.

—Está bien ahora, Fallon. Todas las arañas se han ido. Ahora estás a salvo.

Pero no podía detenerme. Todavía podía sentirlas.

Y luego una de ellas hundió sus dientes en mi cuello y el mundo se oscureció.

—¿Qué diablos le has dado? —Oí a Rafe gritar mientras mi cuerpo se relajaba.

—Estaba histérica, así que ahora dormirá. Felicidades, has pasado la prueba.

Y luego sus palabras se hicieron realidad. La oscuridad me tragó por completo.

Cuando desperté, salté de la cama de inmediato y me recorrí el cuerpo con las manos de arriba abajo.

No tenía arañas. Solté la respiración y eché la cabeza hacia atrás.

Dios, ya se había acabado. Ahora estaba a salvo. Parpadeé y miré a mis lados, pero apenas podía ver nada. Era de noche. Miré el reloj junto a la cama: 3:30 am. ¿Qué diablos? Era de tarde cuando comenzamos la prueba.

Pero luego recordé, estremeciéndome. Me había puesto histérica al final y un cabrón me había inyectado algo. No fue una araña mordiéndome. Esos malditos hijos de puta. En lugar de ayudarme hablándome o tranquilizarme, solo me habían dejado inconsciente.

El movimiento al otro lado de la cama me hizo mirar. ¿Rafe también estaba despierto?

Pero no, estaba dormido. Dormía, pero no descansaba, si es que la forma en que se movía y agitaba era un indicio de ello. Tenía la frente arrugada y angustia reflejada en su rostro. Empezó a negar con la cabeza.

—No —gimió—. ¡No, Tim, no!

El corazón se me encogió. Había tantas pesadillas en este lugar, pero me preguntaba por cuánto tiempo habían atormentado a Rafe estas pesadillas.

Puse mi mano en su hombro, pero él la apartó.

—Tim, no vayas —murmuró, y luego gritó—: ¡No vayas! ¡Lo siento! —Y despertó sobresaltado.

Tenía una mirada de locura en los ojos y el sudor le corría por la frente.

—Rafe —lo llamé por su nombre—. Rafe, está bien.

Fue solo después de que dijera esas palabras que me di cuenta de que repetía lo que ya me había dicho una y otra vez. Pero al igual que cuando reviví mi pesadilla con las arañas, mis palabras tuvieron poco o ningún efecto en Rafe.

Se quitó la sábana y se levantó de la cama, dándome la espalda. Respiraba con tanta dificultad que su espalda subía y bajaba.

—¿Rafe? —lo llamé en voz baja y me moví a gatas por la cama para llegar a su lado—. Rafe, ¿estás bien?

—Llegué demasiado tarde. —Su voz era áspera.

Fruncí el ceño. ¿A qué se refería?

—¿Demasiado tarde para qué?

—No pude llegar a ti a tiempo.

Negué con la cabeza.

—Pero tú me salvaste. Me sacaste de ahí.

—¡No a tiempo! —casi gritó, pasándose las manos por el pelo—. ¡Nunca llego a tiempo!

Retrocedí, sin comprender su vehemencia.

—No pude ayudarte. Tuvieron que dejarte inconsciente.

Apreté los dientes.

—Definitivamente no debieron haber hecho eso.

Se dio la vuelta.

—¿No lo ves? Debí haberte sacado antes de que llegaras

a ese punto. Pero había demasiadas llaves y no pude encontrar la correcta.

—¿Y eso fue tu culpa? —Estaba furiosa—. Más bien parece culpa de los retorcidos hijos de puta que nos pusieron en esa situación y que son capaces de hacerle eso a otro humano.

Pero Rafe se limitó a negar con la cabeza, y cuando lo toqué, se alejó aún más. Quería consolarlo, pero no me lo permitió. No fue como la última vez. Incluso si me necesitaba, no iba a permitirse tenerme.

—Me voy a dar una ducha —dijo con brusquedad.

Lo intenté una última vez, mirándolo y parpadeando tímidamente, pues las arañas no eran un recuerdo tan distante. ¿Es que no veía eso? Yo también lo necesitaba. Todavía podía salvarme. Traté de reflejarle eso con los ojos, también. Traté de rogarle que entendiera.

—Podría ir contigo —sugerí, implorando con los ojos.

Pero él se mantuvo gélido.

—No, estaré bien por mi cuenta. —Y se volvió hacia el cuarto baño sin mirar atrás. La puerta se cerró detrás de él con un ruido sordo.

Y yo me quedé atrás, desamparada y sola como siempre.

Él podía dejarme con tanta facilidad. Podía dejar de sentir, así como así.

No me veía. Tal vez nunca lo había hecho. No se daba cuenta de lo que yo necesitaba. Quizá eran sus propios demonios, o tal vez nunca había sido muy importante para él.

No valía la pena perseguirme y no valía la pena quedarse por mí.

Apreté la mandíbula y un dolor conocido me atravesó el pecho. Me levanté de la cama y crucé la habitación dando pisotones para ir con mi caballete y mis cuadros. Ahora estaban apilándose tras más de dos meses en este estúpido lugar. Los lienzos pintados estaban cerca de cubrir un lado de la habitación; algunos se estaban secando, y otros ya estaban secos.

Le di una patada al cuadro que Rafe y yo habíamos comenzado. Había atesorado el lienzo, en su mayoría en blanco, con nuestros desordenados manchones de pintura. Los estaba conservando tontamente debido al ridículo sentimentalismo.

Lo agarré del piso y cogí un pequeño rodillo, cubriéndolo con una base gris para comenzar una imagen completamente nueva. Borré nuestro cuadro. Borré el momento en que nos conectamos. Borré lo que pensé que significaba, ya que yo, evidentemente, era una chica estúpida. Trataba de alcanzar cosas que no estaban allí, y fingía que Rafe era quien vendría a salvarme cuando no era más que un príncipe quebrado, demasiado ensimismado con sus propios fantasmas para poder ser capaz de amarme alguna vez.

CAPÍTULO 15

Rafe

Recuerdo el sonido del silencio cuando era niño. Nos sentábamos todos juntos a la mesa para cenar en familia... si es que ese era el nombre que se nos podía dar. Teníamos nuestra silla asignada: papá presidía la mesa y mamá estaba en el otro extremo.

Timothy y yo nos sentábamos uno frente al otro, a cada lado de mi padre, y siempre usábamos porcelana bonita, cubiertos costosos y, sin falta, flores frescas como centro de mesa. Era la imagen de la perfección. Cada noche se esperaba que cenáramos en familia.

Todo era normal en la superficie.

Con la excepción de lo que nadie sabría si nos observara desde el exterior: comíamos en silencio. Siempre era en silencio. No nos preguntaban cómo nos había ido en nuestro día, ni cómo nos fue en la escuela o en el trabajo. Nada. Comíamos dentro de nuestros propios mundos, a pesar de que nos sentábamos juntos como familia.

Nuestra familia era silenciosa. Nuestra familia era muda.

Y cuando desayuné en la cabeza de la larga mesa, con Fallon al final del otro extremo, nos sentamos en silencio.

Nuestra amistad era silenciosa. Nuestro pasado y presente eran mudos.

Me di cuenta de que poco a poco me estaba transformando en mi padre. Él me hizo todo en lo que me había convertido. Me había enseñado el negocio que estaba a punto de asumir. Me había enseñado a administrar mi dinero y a hacer que creciera incluso mientras dormía.

Y también me había enseñado a ser silencioso con aquellos a los que amaba. Y sí... Fallon entraba en la categoría de alguien a quien amaba, pero no podía decírselo. Mi padre me había enseñado muchas cosas, menos s ser cariñoso y hablar con el corazón. Todas eran habilidades que me faltaban gracias a mi crianza y modelos a seguir. Vivía en mi propio mundo, y cuando estaba herido, enojado, triste o tenía miedo, simplemente entraba más en él.

El sonido de los tenedores chocando contra los platos tenía un sonido muy distintivo. Y aunque fuese muy normal para mí, detestaba que fuera nuestra melodía para el desayuno de hoy.

Y así continuó hasta que la señora H entró.

—Buenos días —dijo con alegre disposición. Cuando vio que no estábamos a la par de su estado de ánimo, nos preguntó—: ¿Cómo va todo? Se están acercando a la meta. Eso tiene que ser algo bueno para ustedes.

Ambos despegamos la vista de nuestra comida y asentimos.

—¿Cómo van las pruebas? —preguntó, y no nos permitió ignorarla como lo estábamos haciendo entre nosotros.

—Bien —dijo Fallon.

—Bien —repetí yo.

Ella enarcó una ceja.

—¿Bien? Por lo que sé de las pruebas, no usaría esa palabra exacta para describirlas. ¿Les importaría darme más detalles?

—Solo hay mucho sexo —dijo Fallon mientras se metía los huevos en la boca como excusa para no tener que decir nada más.

—Sí, un montón de sexo —repetí como un loro.

La señora H se cruzó de brazos y bufó.

—Puedo ver que ambos están cansados. Es probable que incluso estén llegando a su punto de quiebre. Tal vez sientan que ya han llegado a él.

Su rostro se suavizó.

—Tienen que saber que no son los primeros en sentirse así. Es difícil a medida que se va llegando al final. Lo he visto cientos de veces. Piensan que están acostumbrados a las pruebas, pero se ponen más difíciles. Su paciencia comienza a agotarse, pues cada prueba los reta de nuevas maneras, destrozándolos más de lo que creían posible. Pero ambos deben seguir juntos como un equipo fuerte. Tienen un vínculo y una conexión de su pasado que los mantendrá unidos hasta el final.

Se acercó a Fallon y le pasó la mano por el pelo.

—Sé que ambos están cansados, lo veo en sus ojos. Solo concéntrense en la meta. Ambos están a punto de conseguir todo lo que quieren. No se rindan.

Fallon asintió lentamente y la miró con una débil sonrisa. Yo también traté de sonreír, de asegurarle que todo estaba bien y que no necesitábamos esta charla motivadora, pero sentí todo lo contrario. Ella tenía razón: estaba cansado. Estaba tan pero tan cansado y quería marcharme de esta mansión cada hora del día. Sí, estábamos cerca del final, pero cada minuto que pasaba era como una maldita eternidad.

Al ver claramente que a ninguno de los dos le apetecía conversar, dijo:

—Los dejaré para que terminen su desayuno, pero tal vez deberían salir un rato. Salgan a dar un paseo o algo así. Tomen un poco de aire fresco. —Entonces nos dejó y nos quedamos solos con el sonido de los tenedores contra los platos.

Me aclaré la garganta mientras me limpiaba la boca con una servilleta.

—¿Quieres salir a dar un paseo hoy? ¿Quizá ir a nadar? Hemos estado encerrados por varios días, y no sé cuándo fue la última vez que vi la luz del sol sin que fuera por un cristal.

—En realidad, no —dijo y luego bebió el último trago de su zumo de naranja—. Prefiero volver a la pintura en la que estoy trabajando.

Dejé escapar un suspiro aliviado que no me di cuenta de que estuve conteniendo. Estaba esperando que rechazara mi oferta. Las cosas habían estado tan raras entre nosotros desde el incidente de la araña, y bueno... no estaba exactamente seguro de cómo recuperar y volver a encontrar lo que una vez tuvimos. Ella se callaba sus cosas, y yo las mías. Funcionaba, y, sin embargo, era tan distante.

—Vale. De todas formas, tengo algo de trabajo que hacer —dije, aunque dudaba que ella pensara mucho en ello o se preocupara por lo que yo hacía.

No porque fuera mala, o algo como eso. Simplemente estaba perdida en su trabajo y, siendo honesto, no la culpaba. De hecho, estaba un poco celoso de que ella tuviera un escape de este lugar. Ella podía perderse en la pintura y yo, bueno, yo solo me sentía perdido.

Pasamos el resto del día en silencio. Ella pintaba y yo hacía todo el trabajo de la empresa que podía desde mi portátil. Se había convertido en nuestra normalidad. Nuestra rutina.

Cuando alguien llamó a la puerta y el mayordomo entró con una caja, había perdido la noción del tiempo casi por completo. Pero, por supuesto, en este lugar, la realidad siempre llamaba a la puerta.

Fallon suspiró con fuerza.

—¿Qué encantadora prueba podemos esperar esta noche?

Abrí la caja, y en el momento en que lo hice, la arrojé al otro lado de la habitación.

—Maldita sea, de ninguna manera. No. Ya es suficiente.

—¿Qué es? —preguntó mientras caminaba hacia la caja que ahora estaba en el suelo—. ¿Collares? —Sacó uno rojo y uno blanco de la caja, los alzó y me miró confundida mientras los ponía encima de la cómoda—. ¿Esto es lo que te ha molestado?

—El rojo significa que puedo compartirte con los demás si yo lo decido, y el blanco significa que todos podrán compartirte. Y hay una nota que dice «ahora». Ellos te hacen señas y esperan que vayas y folles con quienquiera que te desee.

Por lo general, había un collar negro que significaba que solo el iniciado podía usar a su bella. ¿Dónde estaba ese maldito collar negro?

—Vale, ¿y...?

Su indiferencia tras lo que acababa de decir me desconcertó.

—¿Y? ¿En serio? De ninguna manera permitiré que te compartan con todos esos hombres. ¡Puede que a ti no te importe, pero a mí sí!

Me miró con frialdad.

—Como yo lo veo, es que pase lo que pase, alguien me follará esta noche. Entonces, ¿qué más da quién sea?

—¡Fallon! —grité con incredulidad. Estuve a punto de abalanzarme hacia ella para hacerla entrar en razón—. En este instante suenas como una maldita puta. Sé que no lo dices en serio.

—Una maldita puta —repitió, frunciendo los labios y cerrando los ojos antes de encogerse de hombros.

Mierda, eso sonó mal. Pero antes de que pudiera retractarme, ella ya me dedicaba una sonrisa brillante y frágil.

—Bueno, tal vez no me conoces tan bien como crees, y puedes llamarme como te apetezca. Es una prueba. Siendo honesta, siempre preferiría cualquiera de estos collares de mierda antes que estar encerrada en una habitación con arañas.

—No es necesario que haga esto. —Me pasé la mano por el pelo—. Demonios, yo no necesito hacer esto.

—Sí, es necesario que lo hagamos.

Negué con la cabeza.

—Tú quieres dinero. Vale, te haré un cheque. Me aseguraré de que nunca más quieras dinero. Y en cuanto a la empresa, no necesito tomar el relevo. Mi padre me permitirá seguir trabajando allí, e incluso si no lo hace, tengo las habilidades para conseguir empleo en cualquier parte que tenga que ver con el petróleo.

—Para —soltó ella.

—Lo digo en serio. No sé por qué me ha tomado tanto tiempo darme cuenta de esto, pero ninguno de los dos tenemos que hacerlo. Hay otras formas de conseguir lo que queremos. Sully no pasó las pruebas, así que yo no sería el primero. Y, siendo muy sincero, ya no me importa una mierda lo que piense la gente. Nunca voy a estar a la altura del recuerdo de Timothy, así que ni siquiera sé por qué lo estoy intentando.

Hice una pausa y luego la miré.

—¿Cuánto dinero has pedido? Puede que no tenga tanto, pero puedo hacer que estés cómoda.

—¡No quiero tu maldito dinero! —gritó ella—. ¡Me niego a seguir siendo un caso de la caridad! ¿Qué diablos le pasa a tu familia? He sido una necesitada toda mi vida y no se siente bien. Es hora de que tenga la vida que siempre debería haber tenido y bajo mis condiciones. No quiero que nadie me la dé. Quiero tenerla. Quiero exigirla. Quiero conseguirla según mis términos y mis acciones.

—Tienes que superar esa mierda —le grité—. ¿Qué importa que hayas estado becada en la Academia Darlington? ¿A quién coño le importa? Actúas como si hubiera sido algo tan malo. ¡Nunca te vieron como un caso de la caridad!

—No tienes ni puta idea de lo que estás hablando. Claro que sí me veían como un caso de la caridad. Y lo que es peor es que con ello vinieron condiciones. Siempre las hay.

Temblaba de furia y yo no tenía ni idea del porqué mientras continuaba despotricando:

—Tu madre y tu padre me veían como la hija de la pobre criada. Odiaban que fueras mi amigo. Odiaban que estuviera cerca de ti y de tu casa todo el tiempo. En el momento en que pudieron deshacerse de mí, ¡lo hicieron! Y no tenía ninguna beca, para tu información. Alguien pagó mi educación, como se hace con un caso de la caridad.

—No tengo idea de lo que estás hablando. ¿Qué tuvieron que ver mis padres con esto? No nos deshicimos de ti, tú te fuiste. ¿Y qué quieres decir con lo de que no tenías ninguna beca? ¿Quién pagaría por tu educación? No estoy entendiendo nada en absoluto. Entiendo que estés enfadada, y después de lo que hemos enfrentado últimamente...

Ella se quedó inmóvil y me miró a los ojos durante varios momentos.

—¿Sabes qué? No importa. Lo que importa es que pasaremos la prueba de esta noche porque no me rendiré. No voy a permitir que te rindas. Nos hemos comprometido con esto y no hay vuelta atrás. Y ya no tenemos tiempo para discutir en este momento.

Cogió el collar blanco, el maldito collar blanco, y me fulminó con la mirada.

—Esto no se trata solo de ti, Rafe. No todo se trata solo de ti.

Con eso, salió furiosa por la puerta con el collar en mano. Y solo para cabrearme de verdad... se detuvo afuera del pasillo y se quitó toda la ropa. La arrojó hacia la habitación y marchó hacia el salón de baile, sin dejarme más remedio que seguirla.

CAPÍTULO 16

Fallon

Bajé por la escalera dando pisotones, y terminé de ajustarme el collar en el cuello cuando llegué al último escalón. Escuché los pesados pies de Rafe bajando los escalones detrás de mí, pero era demasiado tarde. Ya estaba entrando desnuda en el salón de baile, exhibiendo mi collar blanco para que todos lo vieran.

Como de costumbre, el salón estaba lleno de personas desnudas; aunque, puesto que habíamos llegado justo al comienzo de la fiesta, eran en su mayoría mujeres las que estaban desnudas. Todas llevaban collares blancos. Incluyéndome a mí.

Tragué en seco. ¿Qué diablos acababa de hacer?

Sin embargo, mantuve mi cabeza más en alto. Estaba harta de jugar a fingir con Rafe. Todo lo que eso lograba era lastimarme mucho más de lo que cualquiera de esos estúpidos cabrones podría lastimarme esta noche.

Rafe no era mi mejor amigo de la infancia, mi primer amor, mi amor adolescente. Ya no. No era más que un hombre al que estaba tratando de reconciliar con un recuerdo. Pero no era él.

Y era como correr a toda velocidad hacia una pared de ladrillos una y otra vez, esperando que hubiera algo más, solo para que él se alejara repetidamente. Y lo que había intentado en la habitación... Había tratado de darme un cheque, como si fuera la puta que me acusaba de ser. Sacudí la cabeza y sentí disgusto tan solo con el recuerdo.

Era idéntico a su padre. Ponía dinero en el problema en lugar de lidiar con él. No le gustaba la idea de compartirme con otros hombres, así que simplemente me compraba para él, o para calmar su conciencia o lo que fuera. Al diablo con eso.

No. Era hora de recordar por qué había venido aquí en primer lugar. No estaría en deuda con nadie más que conmigo misma. Podría hacer todo esto por mi cuenta.

Rafe por fin llegó al salón de baile, y un anciano lo llevó a una silla que habían puesto en el centro de la pared. Asientos en primera fila. La silla era enorme y con respaldo alto, casi como un trono. «Por supuesto que lo sería», sonreí con amargura. Estos hombres pensaban que eran reyes y nosotras no éramos más que esclavas: las consortes en su harén para complacerlos. En realidad, nada había cambiado desde la antigüedad hasta la actualidad.

En la esquina había un cuarteto de cuerdas tocando música suave y sensual. El violonchelista hincó su arco y la nota resonó inquietantemente en toda la sala.

Y entonces usé el poder que se les había dado a las mujeres a lo largo del tiempo. El poder que mi madre había usado cuando debió sentirse como si no tuviera otro poder.

Levanté las manos y comencé a mecerme con la música suave. Estaba en tres cuartos; una especie de vals en clave menor. Balanceé las caderas hacia adelante y hacia atrás, e imaginé lo que pintaría después de esto.

Colores caóticos, cafés entonados con amarillo, rosa brillante y un rojo sangre luchando por la luz, desafiando la gravedad, incluso cuando las manos comenzaron a alcanzarme.

Primero, alguien me cogió los senos con fuerza. Luego varias manos me agarraron el culo. En mi cabeza, yo cantaba colores con el violín y pintaba sombras con el violonchelo.

Un hombre me puso la mano entre las piernas.

Me quedé inmóvil y otros hombres me abrieron las piernas, haciendo que perdiera el equilibrio hasta que las separé más, dándole acceso al hombre que ahora metía un dedo en mi entrepierna para sentir el exterior de mi sexo seco.

—Que alguien me pase algo de lubricante. Está seca como un desierto.

Hubo risas de los hombres a mi alrededor.

Por el rabillo del ojo, vi a Rafe saltar de su trono. Lo fulminé con la mirada. No apartó la mirada ni una sola vez desde que nuestros ojos se encontraron.

Su rostro estaba en llamas con furia y posesividad. Yo alcé una ceja, separando aún más las piernas para permitir que los hombres que vertían lubricante en sus dedos tuvieran mejor acceso. El color en los pómulos de Rafe era mucho más profundo que el rojo, era casi púrpura.

Alguien, con un dedo empapado de lubricante, finalmente logró penetrar mi sexo. Abrí la boca por la conmoción y Rafe lo vio. Dio un paso adelante, pero le advertí con la mirada que se quedara atrás.

En cambio, le dejé observar. Eché a un hombre hacia atrás para que Rafe tuviera una vista total y sin obstáculos de lo que me pasaba. Todo lo que necesité fue imaginar que era la mano de Rafe la que estaba debajo de mí, y la humedad natural que hasta ahora había estado ausente brotó como un manantial.

Un gruñido indicó el placer de alguien por mi reacción, pero los ignoré. Solo tenía ojos para Rafe.

Y luego un dedo húmedo y lubricado exploró mi ano al mismo tiempo que me follaban con los dedos. Otras manos me agarraron los pechos, y luego alguien más me chupó un pezón mientras otros me cogían de la cintura.

Miré a Rafe. Parecía un toro a punto de explotar. Pero desde aquí alcanzaba a ver el bulto en la parte delantera de sus pantalones.

Con los ojos húmedos por las emociones que sentía, un escalofrío de placer me sacudió el cuerpo. Las lágrimas corrían por mis mejillas mientras continuaban los temblores.

—Joder, esta sí que está buena. Se está corriendo con tanta fuerza en mi mano que me aprieta como una abrazadera.

—Solo espera a que meta el pene en este culito apretado que tiene. Si crees que ese coño te está apretando duro, deberías ver cómo se siente aquí.

Un dedo salió de mi ano solo para que dos más entraran. Se sentía como si fueran dos hombres diferentes tratando de introducirse dentro de mí. Yo grité, y me vi impulsada hacia adelante debido a la fuerza de su intrusión.

—Al diablo con esto, quiero sentirla con mi pene. Apártate de mi camino.

A mis espaldas escuché el sonido delator de una cremallera siendo bajada. Y de repente, sentí pánico. Espera, espera, esto ya no era un juego nada más. Claro que en el fondo sabía que aquí era donde llevaría todo eso. No serían solo dedos y caricias provocativas en mi cuerpo.

Querrían follarme. Probablemente más de uno. Quizá todos querrían follarme, uno tras otro. ¿Le habían hecho eso a mamá? ¿Cómo se sintió cuando estuvo en la misma posición?

Los collares eran tradición, y ya que no la habían elegido para ser una bella, habría estado en una fiesta así con un collar blanco. Todas las demás mujeres del salón llevaban collares blancos. No sabía nada sobre la otra bella, pues no podía verla. Todo lo que podía imaginar era a mi mamá. Pensaba en hombres tocándola con sus manos, dedos y penes a su alrededor.

¿Les había dado la bienvenida a sus caricias, o se estremeció como yo lo hacía ahora? ¿Había querido gritar lo injusto que era? ¿O sentía poder al dominar su placer, al ponerlos de rodillas mientras los controlaba y los guiaba por sus miembros, aunque solo fuera por unos cuantos momentos?

¿Le había gustado por el placer? Porque el hombre que seguía explorando mi sexo había encontrado mi clítoris y sabía qué hacer con él. ¿Mamá se había vuelto adicta a los hombres que podían brindarle placer en un mundo lleno de dolor y decepción? ¿Era este el único lugar al que podía venir para arrojar su cuerpo a estos hombres hambrientos, hacer que la follaran hasta la médula y olvidar todo en el éxtasis del placer por unas horas cada dos semanas?

¿Lo sabría o lo entendería alguna vez?

Porque en el segundo que sentí la cabeza de un pene rozándome el ano, supe mi respuesta: NO.

No, para mí era un gran y completo NO. No quería que un desconocido me follara por detrás.

Miré hacia el trono, hacia donde Rafe había estado unos momentos antes. Pero ya no estaba allí.

Por un segundo me sentí desolada. Se había ido, de nuevo. Era demasiado para él. Aunque no podía decir que esta vez no lo había ahuyentado.

Había un huracán en mi cabeza: ¿qué había hecho? ¿Me había dejado follar? ¿Es que me había aferrado tanto a lo que decía que quería, la autonomía, que había permitido que me usaran de esta forma?

Traté de contraargumentar que no era más que un cuerpo. ¿A quién le importaba lo que le pasara o cómo lo usara? Si esto era lo que hacía falta para conseguir lo que me debían...

Pero cuando ese pene se acercó a mi culo, muy cerca de mi ano, mi respuesta instintiva volvió a ser muy fuerte:

NO.

Así no.

Lo que sea que hiciera, sin importar que triunfara o fracasara en la vida, no sería por permitir que este desconocido me follara en este instante. Empecé a apartarme, a mover mi pelvis para alejarme de ese miembro. Pero justo antes de que pudiera abrir la boca para decir las palabras que me liberarían de esta prueba y de todo mi tiempo en la Oleander, el hombre a mi espalda desapareció repentinamente.

Me quedé boquiabierta, sorprendida, cuando me volví para mirar quien estaba detrás de mí. No tuve mucho tiempo para darme cuenta de que era Rafe, que me estaba arrancando de todos los hombres de encima, pues un segundo después, me había cogido en brazos, sacado del salón de baile y estaba subiendo las escaleras, lejos de las miradas indiscretas y manos intrusivas.

Maldición, me había rescatado después de todo, y yo se

lo había permitido. Pero antes de que pudiera decirle algo, agradecerle, decirle que lamentaba haber sacado el estúpido collar blanco de la caja, él cerró la puerta de la habitación a nuestras espaldas y me bajó.

—Rafe, yo...

Él me empujó contra la pared, apoyando su cuerpo contra el mío y encerrándome entre sus brazos.

—Me estabas volviendo loco, ¿lo sabías? ¿Qué diablos fue eso? ¿Te gustó que todos esos hombres te tocaran? ¿Te gustó torturarme así?

Mi cuerpo entero cobró vida. Sí, por sus palabras, pero también por la sensación de su cuerpo contra el mío.

Porque estaba furiosa, pero también me sentía segura y excitada, y todo eso me enfurecía aún más, aunque ni siquiera podía empezar a descifrar todas las cosas que estaba sintiendo y si alguna de ellas era razonable o no.

—Tal vez no todo en este mundo de mierda tiene que ver contigo, Rafe Jackson —escupí.

—Lo es cuando hablamos de ti —replicó él.

Me bufé y el color de sus definidos pómulos se volvió intenso de nuevo.

—Maldición, Fallon —dijo, pero luego me besó.

Le devolví el beso, con fuerza, castigando su boca, devorando y mordiéndolo. Estaba tan colérica con él. Agarré las solapas de su chaqueta y luego metí mis manos dentro para poder quitarle su estúpida ropa. Entonces mis dedos buscaron a tientas los botones de mierda de su camisa de vestir blanca. Todo eso mientras lamía, mordía y besaba sus labios.

Por fin tomó el control, se quitó la camisa y dejó al descubierto su hermosa piel bronceada y cubierta de tatuajes para que yo pudiera verla. Prácticamente lo ataqué.

Me aferré a sus pectorales, me lancé a sus brazos, llevé mi boca a su clavícula y la chupé y mordí.

Él gruñó y me empujó contra la pared, metiéndose entre mis piernas. Estaba empapada por él.

No perdió más tiempo. Nos dio lo que ambos necesitábamos cuando se bajó los pantalones y enterró su glorioso miembro en lo más profundo de mí. Yo me contraje, todos mis músculos internos se flexionaron y conectaron con su rigidez. Dios, me encantaba sentirlo duro dentro de mí. Me aferré a él con tanta fuerza que soltó un gruñido cuando salió de mi interior y volvió a entrar.

—Estás tan apretada, joder —maldijo, respirando con dificultad contra mi cuello. Cuando me empaló hasta el fondo, buscó mis labios de nuevo. Me estaba inmovilizando contra la pared por su peso y su pene en lo más profundo de mí.

Envolví mis piernas alrededor de su cintura.

—Fóllame, Rafe. Por favor.

Era agónico que se quedara inmóvil de esa forma. Reboté encima de él. Necesitaba fricción, necesitaba todo de él. Él era el único que podía hacerme sentir bien. Él era el único que podía llenar mis vacíos. Podía maldecirlo, pero era Rafe de quien hablábamos, y sin importar cuánto tratara de luchar, él era el único al que yo quería.

Él era el único al que siempre había querido.

Enterré mis manos en su pelo y eché su cabeza hacia atrás para volver a besarlo profundamente. Él encontró mis labios con la misma furia y pasión que yo.

Cargó contra mí, llenándome con su pene una y otra vez hasta que ambos estuvimos jadeando y el sudor corrió por sus sienes. Pero no se detuvo.

No se detuvo ni siquiera cuando un orgasmo explosivo me invadió. Se limitó a inclinarse para que su pelvis hiciera una presión más satisfactoria contra mi clítoris al mismo tiempo que su miembro encendía un lugar espectacular en mi interior.

—¡Rafe! —grité cuando me corrí de nuevo, con más fuerza y potencia; fue tan intenso que apenas recordé seguir respirando mientras lo sentía.

Y justo cuando alcancé de lleno la cúspide de intensidad, Rafe se hundió en lo más profundo de mí y sentí el torrente de semen mientras se vaciaba dentro de mí.

Agarré su rostro entre mis manos y lo besé a más no poder mientras el último escalofrío me sacudía. Lentamente, el torrente y el maremoto retrocedieron, y solo quedamos Rafe y yo.

Él presionó su frente en la mía y luego se movió hacia un lado para que estuviéramos mejilla con mejilla. Su miembro seguía enterrado en mi núcleo, y estábamos más cerca de lo que dos seres humanos podrían estar.

Nunca me había sentido más en paz.

Hasta que Rafe decidió volver a abrir su gran bocota.

—Sé que no quieres un cheque mío, así que, ¿qué tal esto? Fallon Perry, ¿te gustaría casarte conmigo?

CAPÍTULO 17

Rafe

—¿Qué demonios? —Me apartó de ella y se quedó con los ojos muy abiertos.

—Ya me has escuchado —le dije, anticipando que intentara resistirse, pero no me importaba. Valía la pena luchar por ella—. Cásate conmigo.

—No acabas de pedirme que me case contigo. —Sacudió la cabeza—. No hay forma de que me propusieras matrimonio segundos después de tener sexo conmigo y todo eso que pasó... —Señaló la puerta y las escaleras que estaban más allá—. Imposible.

—Está bien, tal vez no sea la forma más ideal de pedírtelo, pero lo digo en serio. Vamos a casarnos. Salgamos de este lugar juntos y cogidos de la mano.

—¡Has perdido la cabeza! —Cruzó la habitación y se dio media vuelta para mirarme con ira en sus ojos oscuros—. ¿No has entendido una palabra de lo que he dicho? ¡No quiero tu puto dinero! ¡Quiero el mío! Dinero que pueda controlar y que no perderé cuando decidas que no me quieres.

—Lo entiendo. Sí lo hago.

—No, no es así —soltó—. Has sido un ricachón de sangre azul toda tu vida. No sabes lo que se siente ser pobre. No tienes idea de lo que se siente vivir toda tu vida con ropa de segunda mano y que te miren con ojos llenos de lástima. Siempre he tenido que necesitar a alguien para arreglármelas y ya estoy harta. De ahora en adelante, soy yo quien controlo mi destino. Así que no te atrevas a quedarte ahí de pie y actuar como si me comprendieras. Ya no tienes idea de quién soy, y tal vez nunca la tuviste.

Respiré hondo, negándome a perder el temperamento sin importar cuánto me presionara. Ella necesitaba que yo fuera fuerte. Era el momento de que verdaderamente estuviera allí para ella. Para ella.

—No te estoy ofreciendo un cheque ni estoy ofreciendo comprarte. Sé cómo se vio eso, y puedo darme cuenta de cuánto te lastimó, pero no era lo que pretendía. —Me acerqué a ella, pero ella contraatacó retrocediendo—. Estar aquí contigo me ha hecho darme cuenta de que nunca deberíamos habernos separado. Esos años que te fuiste, bueno, nunca debieron haber sucedido.

Me señaló, y sus mechones enmarañados enmarcaban su rostro. Nunca se había visto más hermosa, a pesar de que la furia crepitaba en sus venas.

—¡Me fui por ti! ¿O es que lo has olvidado?

—¿Por mí? ¿De qué estás hablando? No tuve nada que ver con que te fueras al otro instituto.

—No vengas a mentirme, Rafe. Merezco algo mejor.

—¿Mentirte? —La confusión me tenía paralizado en mi sitio—. Te fuiste a otro instituto. ¿Por qué estás enfadada conmigo por eso? ¿Por qué tengo la sensación de que estás furiosa al respecto y por eso me culpas?

Se cruzó de brazos y se vio desnuda. Solo ahora se daba cuenta de que estaba de pie en la habitación completamente desnuda. Cogió una manta que estaba al borde de la cama y se envolvió con ella. Yo capté su señal para ponerme más presentable también, ya que claramente necesitábamos discutir algunas cosas. Cosas serias.

—¿Por qué crees que puedes comprarme y ya? Para ti y tú familia todo tiene que ver con el dinero —dijo mientras se acercaba a una silla y se sentaba. A pesar de que su ira había menguado y ya no gritaba, aún podía ver lo enojada que estaba.

—Te lo dije —dije mientras caminaba hacia la silla que estaba enfrente y me sentaba también—. No debí haberte ofrecido un cheque. Me equivoqué. Es solo que vi la oportunidad de arreglar algo. Tenía la capacidad de arreglar algo. ¿Quería salvarte? Sí. ¿Es que eso es tan malo? Al menos por fin podría salvar a alguien. No pude salvar a Timothy, pero vi una manera de salvarte a ti. Esa era mi intención.

—¿Por qué sientes que podrías haber salvado a Timothy? —preguntó ella—. Sigues diciendo que su muerte fue culpa tuya cuando no lo fue.

Respiré hondo y decidí que me había cansado de mantener este oscuro secreto encerrado en mi interior. Necesitaba liberarlo... necesitaba caminar por el fuego de la verdad y esperar que hubiera una salida al otro lado. Quizá Fallon me odiaría de verdad al final, pero no podía odiarme más de lo que yo me odiaba a mí mismo.

—Él me llamó —solté—. Necesitaba que lo llevaran a casa porque estaba como una cuba. Me dejó dos mensajes y no respondí porque estaba en la fiesta de Sully contigo. Me

lo estaba pasando bien y no me apetecía lidiar con la borra-
chera de mi hermano.

La bilis se revolvió en mi estómago y consideré correr al
baño para vomitar. Pero sabía que, si no seguía adelante, no
lo soltaría todo. La purga tenía que ocurrir antes de que yo
no pudiera operar más.

—Supuse que otro amigo lo llevaría. No tenía idea. No
sabía que se subiría al auto y que conduciría él mismo.

Miré a Fallon, esperando ver ojos de disgusto o de juicio,
pero no vi nada por el estilo. En todo caso, todo lo que vi fue
compasión y comprensión.

—No es tu culpa —dijo mientras se levantaba de su silla
y se arrodillaba a mis pies, cogiendo mi mano entre las
suyas—. No tenías forma de saber que iba a cometer el error
de conducir su auto. Y eso es lo que fue, un error. Un
terrible error.

—Yo pude haberlo salvado —dije, y mi corazón pareció
desgarrarse mientras decía las palabras—. No le he contado
esto a nadie porque tengo mucha vergüenza, joder. Maté a
mi hermano. Destruí a mi familia. Todo fue mi culpa. Si
hubiera cogido el teléfono móvil, él seguiría vivo. En
cambio, estoy aquí tratando de ocupar su lugar. Estoy
tratando de ser él mientras su fantasma me acecha. Él
debería estar aquí, no yo. Soy el segundo hijo, la segunda
opción.

Ella negó con la cabeza y me apretó la mano.

—No podías haberlo salvado, y seguro que no lo
mataste. Fue una tragedia terrible, pero no es culpa tuya.
Solo era su momento.

Siguió sosteniendo mi mano mientras apoyaba su
cabeza en mi regazo.

—Ojalá hubiera sabido que te sentías así. Ojalá me lo
hubieras dicho para poder estar allí para ti cuando luchabas

contra esta culpa. No tenías que soportar esto por tu cuenta, no en ese entonces y definitivamente tampoco ahora.

—Ojalá te hubiera tenido a ti también, pero te fuiste. Y ya que soy honesto, puedo confesar que me sentí devastado cuando te fuiste, pero traté de entender que tenías que hacer lo mejor para ti. Y acababa de demostrar que no era el mejor para nadie. Siendo sincero, cuanto más te alejes de mí, mejor. Pero seguía destrozado el día que te fuiste. Acababa de perder a mi hermano y luego también perdí a mi mejor amiga.

Ella levantó la cabeza de mi regazo y me miró entrecerrando los ojos.

—Pero entonces, ¿por qué me pediste que me fuera y que no te volviera a ver?

—¿Qué? —Sus palabras no tenían sentido—. Nunca te pedí que te fueras. No lo habría hecho. Maldición, te necesitaba más de lo que nunca necesité a nadie en mi vida.

Ella se puso de pie, seguía sosteniendo la manta a su alrededor y comenzó a caminar por la habitación.

—Tu madre... Tu madre... —Se volvió hacia mí—. Vine a verte y tu madre me recibió en la puerta. Me dijo que ya no querías que estuviera cerca de ti, pero que no tenías el corazón para decírmelo. Y considerando que acababas de perder a tu hermano, me dijo que debería hacer lo correcto y dejarte en paz. Estabas pasando por bastantes cosas ya. Y como tu madre era un alma tan generosa, dijo que seguiría pagando por mi instituto, solo que lejos de aquí. Lejos de Darlington y lejos de ti.

Me puse de pie al mismo tiempo que la conmoción y la furia me recorrían.

—¡Nunca supe de eso! —grité—. Yo nunca hubiera... Nunca le dije una palabra de eso a mi madre. Pensé que tú...

—Que me fui —respondió por mí mientras asentía—.

Tu madre siempre me odió. Ahora tiene sentido. Esta era su manera de sacarme de tu vida. Lo más probable es que odiara que tu padre pagara mi educación todos esos años. —Hizo una pausa y luego me escudriñó—. Pero te envié correos electrónicos, cartas, y nada. ¿Por qué me ignoraste?

Negué con la cabeza, desconcertado por lo que estaba diciendo.

—Me vine abajo después de la muerte de Tim. A duras penas terminé mi último año. Mamá tuvo que ayudarme con mis tareas al final cuando se dio cuenta de que podía reprobar y de lo mal que eso la haría quedar, así que revisaba mi correo electrónico y enviaba correos a mis profesores por mí. Debió haberlo visto y... —Sentí ganas de vomitar cuando me di cuenta de la completa traición de mi madre.

Debió haber eliminado los correos electrónicos de Fallon antes de que yo los viera. Yo era el único hijo que le quedaba, así que era evidente que había decidido que, si no tenía a Tim, lo mínimo que podía hacer era empezar a tratar de controlar mi vida de la misma forma que siempre había hecho con la suya. Ella simplemente siguió conmigo, aunque nunca pude estar a la altura. Dios mío, esa mujer estaba muy muy mal.

—Despareciste y nunca me contactaste. Eso me rompió el corazón. Me cerré con todos y cuando me recuperé un poco y ni siquiera habías intentado ponerte en contacto conmigo, bueno, pensé que... pensé que sería lo mejor. Nunca quise que supieras que tenía sentimientos profundos por ti; mucho más que de mejores amigos. Y desde que te fuiste, supe que estabas en el mejor lugar. Lo último que necesitabas era que yo estuviera tu vida. Pensaba que era veneno.

Me pasé las manos por el pelo y me sentí feliz de estar

encerrado en la Oleander. Porque si hubiera estado cerca de mi madre en este momento, la habría estrangulado.

—Nunca te habría dejado —dijo en voz baja—. Pensé que querías que me fuera. Y cielos... yo también tenía sentimientos profundos por ti. Tan profundos que cuando tu madre me dijo que me fuera, quedé destrozada. Pensé que no era lo suficientemente buena para ti. Yo no era más que la hija de la pobre criada de la que se apiadaron porque soy una hija de la Orden.

—Espera... ¿qué? —Sus palabras fueron como un puñetazo en el estómago. Una marea de confusión se apoderó de mí—. ¿Hija de la Orden?

Fallon asintió.

—Mi madre fue una bella hace tiempo. Una bella rechazada. De hecho, el iniciado era tu padre, pero él eligió a otra persona. Sin embargo, a pesar de que no fue elegida, participaba en las pruebas como una de las otras mujeres. Y quedó embarazada de uno de los miembros.

—¿De ti? ¡Mierda! ¿Me estás diciendo que mi padre podría ser tu...?

—No soy tu hermana, no te preocupes —me interrumpió rápidamente. Escuchar que no era mi hermana era como una salpicadura de agua fría en el caótico fuego que abrasaba cada emoción que me atravesaba—. La señora H me lo contó todo, y juró que tu padre no se acostó con nadie que no fuese su bella durante las pruebas. Nunca se acostó con mi mamá. Pero ella quedó embarazada, y quienquiera que fuera el anciano que lo hizo, también la rechazó.

—¿Quién era el anciano?

Ella negó con la cabeza.

—No lo sé. Si no fuera por la señora H, ni siquiera habría sabido todo esto. Sintió que necesitaba saber la verdad sobre mi pasado y ayudó a convencerme para que me convirtiese en una bella, en primer lugar. Dijo que era mi derecho de nacimiento. Me debían este dinero. La Orden me debía todos mis sueños. Me debía todo lo que mi padre me negó al negar mi existencia y dejar que mamá fuera una madre soltera sin ningún apoyo. La señora H sabía que me elegirías. —Fallon entrecerró los ojos—. Aunque no lo hiciste. En fin... sintió que era hora de que consiguiera lo que mi madre y yo merecíamos.

—Entonces, ¿la Orden del Fantasma de Plata pagó tus estudios en la Academia Darlington? ¿Fue tu padre biológico?

—No. Fue tu padre quien lo hizo.

—¿El mío? ¿Por qué diablos haría eso? —Cada palabra que salía de sus labios sonaba más alocada que la anterior—. Dijiste que no fue él quien dejó embarazada a tu madre.

—No, pero se sintió culpable de que quienquiera que fuera mi verdadero padre hubiese rechazado a mi madre. Supongo que se podría decir que su padre era uno de los buenos en ese grupo de maldad. Entonces, para aliviar su culpa por no elegir a mi madre o algo similar, la contrató para que trabajara para él y acordó pagar por mi educación. Supuso que alguien de la Orden tenía que dar un paso adelante.

—¿Y tú no tenías idea de esto?

Ella negó con la cabeza.

—Mi madre lo mantuvo todo en secreto. Estoy segura de que no se siente orgullosa de eso. La señora H me lo contó todo justo antes de convertirme en una bella. Sigo procesándolo yo también.

Puso los ojos en blanco y se sentó de nuevo en la silla en la que había estado.

—Desde luego que no ayuda con mis problemas de no sentirme valiosa. Eso te lo aseguro. Siempre sentí que no era lo bastante buena, y ahora lo siento todavía más. Mi propio padre no me reclamó. Nunca valí la pena como para conocerme. Y dices que no soy un caso de la caridad... ¿Es que no lo ves? ¡He sido uno mi vida entera!

—No para mí —dije.

Levantó la vista y me miró fijamente.

—Dices eso y, aun así, me has ofrecido un cheque. Me ofreciste casarte conmigo solo para poder cuidarme. Puedes decir esas palabras todo lo que quieras, pero tus acciones lo dicen todo.

—No te pedí que te casaras conmigo porque crea que eres un caso de la caridad —le dije, pero podía comprender por qué podría pensarlo—. Queda claro que las circunstancias se han interpuesto en nuestro camino. ¿No crees que es hora de que cortemos con eso?

Los dos nos quedamos sentados en silencio. Esperé a que me respondiera, que dijera algo, cualquier cosa. Luego, por fin, con la voz más queda que existía, habló:

—Pensé que me habías alejado de ti.

Le dediqué una sonrisa torcida.

—Pensé que tú me habías dejado.

—Supongo que tenemos que agradecerle a tu madre por eso —dijo.

—Supongo que sí. —Hubo más silencio, pero luego acabé con la pesada atmósfera diciendo—: Entonces, ¿qué hacemos ahora? ¿A dónde vamos?

Alguien llamó fuerte a la puerta, seguidamente entró un anciano en la habitación. El sonido de su capa plateada nos recordaba de manera audible dónde estábamos y lo que aún se esperaba que hiciéramos.

—La prueba no ha terminado —anunció—. Deben regresar al salón de baile enseguida o fallarán la prueba, con lo cual se espera que abandonen la Oleander de inmediato.

Me levanté y me preparé para decirle al hombre que se fuera a la mierda, pero el roce de la mano de Fallon en mi hombro me detuvo.

—Tenemos que terminar lo que comenzamos —dijo en voz baja—. No nos rendiremos. No les permitiremos tener más poder sobre lo que hacemos o no hacemos.

Asentí, luchando contra mi impulso de cogerla en brazos y huir de este lugar para nunca mirar atrás. Esto no se trataba de mí nada más, también se trataba de ella.

—No puedo permitir que todos te toquen y ya, ¡maldición! ¡Alguno de esos cabrones enfermos podría ser tu padre! ¡Había tantos tocándote! ¡Estaban observando todo! ¡Oh, Dios mío!

Ella negó rotundamente con la cabeza.

—Me han informado que mi padre no está presente. Él no es parte de estas pruebas.

—Aun así, ya no puedo permitirlo. No puedo.

—Basta, Rafe —espetó—. ¿Cuántas veces tengo que decirte que no puedes arreglar esto? Lamento muchísimo lo de Tim, pero no puedes arreglar esto. Yo misma me metí en esto y yo misma me sacaré. Pero me gustaría que estuvieras a mi lado.

Me tendió la mano.

No había nada más que hacer que cogerla y confiar en ella. Confiaría en ella, pero a la vez sabía que quizá no sería capaz de controlarme si otro hombre la tocaba y parecía lastimarla o ir en contra de su voluntad. Puede que fuese la mujer que necesitaba terminar esto por su cuenta, pero yo seguía siendo el hombre que quería protegerla a toda costa.

Incluso si ella me odiaba por eso. No dejaría que los hombres de esta mansión y la Orden la quebraran más de lo que ya lo habían hecho, pero también haría todo lo posible para no defraudarla. Ambos impulsos en mí parecían estar en un conflicto increíble, pero hice lo único que podía hacer.

La cogí de la mano y asentí.

—Lo haremos juntos.

Y con eso, salimos de la habitación y bajamos las escaleras cogidos de la mano, uno al lado del otro.

CAPÍTULO 18

Fallon

—Ahí está —dijo uno de los ancianos. Era un hombre gordo con una brillante cabeza calva.

Su estómago hacía que la túnica se dividiera por la mitad como la de un fraile medieval, excepto que tenía la mitad inferior hinchada y sujeta por el cinturón para exhibir su pene flácido que lentamente se volvía a endurecer al verme.

Una sonrisa lasciva le iluminó el rostro mientras cruzaba el pequeño salón de baile blanco hasta donde Rafe y yo estábamos, con hombres y mujeres desnudos a nuestros lados como si fuera el mar rojo. El anciano comenzó a acariciar su gordo miembro de forma rápida y tosca, como un niño que apenas está aprendiendo a darse placer.

—Tráela aquí, iniciado. Quiero apretarle esas tetitas mientras la follo por el culo.

Más hombres se reunieron al lado del anciano, con claro interés en sus rostros. Más manos se dirigieron a sus miembros. Uno de los hombres agarró a una mujer que estaba siendo follada por otro anciano, presumiblemente uno inferior, y la obligó a arrodillarse frente a su rígido pene. Ella soltó un gritito, un poco sorprendida, pero el anciano acalló rápidamente el ruido. Era un hombre de unos cincuenta años, tal vez, y con canas en el pelo.

Me sobresalté, pues me di cuenta de que lo reconocía. Era el padre del amigo de Rafe, Walker St. Claire. Él era político, y a simple vista parecía estar a gusto en este ambiente, pues no vaciló en meter autoritariamente su pene hasta la garganta de la mujer, cuyos ojos al principio se abrieron al mismo tiempo que se atragantaba un poco. A diferencia de su amigo fraile, bajito y con el miembro regordete, él estaba bien dotado, y ella tuvo que esforzarse por engullirlo.

—Tú —dijo el señor St. Claire a otra mujer—. Ven aquí, chúpame las pelotas. Y tú. —Hizo otro gesto con las manos para otra mujer... Cielos, era la chica de Beau, la otra bella. Tenía los ojos tan abiertos como un ciervo frente a las luces de un auto cuando el señor St. Claire chasqueó los dedos, pues no se movió de inmediato.

—Masajéame la próstata. Haz que me corra como un caballo de carreras —le gritó.

Cuando tardó en obedecer y miró a Beau como pidiendo instrucciones, el señor St. Claire bramó:

—¡Ahora! Te he dado una maldita instrucción, niña. ¡Eso que tienes en tu puto cuello es un collar blanco, así que méteme los dedos en el culo antes de que decida follar el tuyo y mostrarte así cómo se siente un hombre de verdad!

Beau no pareció ofenderse o percatarse mucho de la situación. Su bella tenía un collar blanco al igual que yo.

¿Ya la había follado uno de estos hombres? ¿Cuántas veces? ¿Y cuántos hombres? ¿Beau se había quedado parado y había dejado que se lo hicieran?

Pero... ¿No era eso lo que le estaba pidiendo a Rafe? Entonces, ¿por qué me molestaba la idea de que Beau estuviese dejando que esto le sucediera a su bella? Miré al techo y el resplandeciente candelabro mientras los sonidos de las mujeres chupando el pene y los testículos del señor St. Claire hacían eco en el salón.

—Joder, no dije que me metieras los dedos en el ano —rugió el señor St. Claire, volviéndose tan violentamente que apartó su miembro de las bocas serviciales de las otras mujeres—. Dije que me masajearas la próstata.

La bella de ojos inocentes, Abby, creo que se llamaba, se limitó a pestañear conmocionada y con lo que parecía ser un poco de miedo. Entonces el señor St. Claire puso los ojos en blanco.

—Dios mío, Beau, podrías enseñarle a tu bella los malditos aspectos básicos de complacer a un hombre. Uma, vuelve allí atrás y enséñale dónde está la puta próstata de un hombre.

El señor St. Claire miró a Beau.

—Considera esto como un maldito favor.

Beau se limitó a esbozar una sonrisa leve y desinteresada y alzó su copa de borbón a modo de brindis. Apenas parecía darse cuenta de lo que sucedía a su alrededor, como si ni siquiera le importara estar aquí, y ciertamente no le interesaba demasiado lo que le estuviera sucediendo a su bella. Montgomery estaba a su lado, de espaldas al desnudo libertinaje que se desarrollaba detrás de él.

Pero no tuve más tiempo para asimilar el drama al otro lado del salón, pues el fraile gordo se había acercado a mí.

—Oh, ya veo que está lista, ¿no es así? —El hombre sacó su lengua, similar a la de una babosa, y se relamió al mismo tiempo que estiraba una mano para tocar mi pecho. Seguía masturbándose con la otra mano; la cabeza morada se asomaba del extremo de su puño de vez en cuando.

No pude evitar retroceder con repulsión. Pero me encontré con un hombre diferente, pues rocé otro rígido pene con el culo. Era como en el club, cuando un hombre llega desde atrás y comienza a frotarse contra ti, excepto que aquí ambos estábamos desnudos y puso las manos en mi cintura de inmediato; luego, las pasó por mi costado hasta que alcanzó mis nalgas, las cuales apretó con fuerza. Metió su miembro entre mis nalgas, agarrándose a ellas y moviendo su pene de arriba abajo por el túnel de carne que hizo con mi culo.

Otro hombre puso su mano en mi espalda y me empujó para que el hombre que me estaba follando las nalgas tuviera mejor acceso. Un segundo después, un fuerte golpe me hizo tropezar hacia adelante. El hombre que tenía su pene en mis nalgas me acababa de azotar, y no se había contenido. Estaba segura de que ya habría una rojiza marca de mano formándose.

Y luego fue como si hubieran anunciado la temporada de caza: estaba rodeada de hombres; una multitud me rodeaba como una marea.

Miré a mi alrededor desesperadamente en busca de Rafe, pero me habían alejado de él, o a él de mí. Fuera lo que fuese lo que había pasado, no estaba por ningún lado; aunque, claro, todos los hombres que me flanqueaban bloqueaban mi vista, pues sus brazos y manos, como los tentáculos de un pulpo, alcanzaban cada una de mis hendiduras.

Había manos en mi culo separándome las nalgas, otra que me exploraba con los dedos. Unos dedos pellizcaban mi pezón y lo retorcían. Grité cuando un hombre me tiró al suelo, el cual estaba duro y frío. Se sentía tan gélido en mi espalda desnuda. El pene de un hombre pendía enfrente de mi cara.

—Chúpalo —ordenó una voz exigente desde arriba—. Chúpalo hasta que te llegue a la garganta. Agárrame las pelotas y tira de ellas mientras me chupas hasta dejarme seco.

Pero luego apareció otro pene frotándose contra mis pechos y con una mano que lo masturbaba rápidamente.

—Joder, mira qué dulce es. Mira cómo se estremece. Fóllale la cara, Carl. Hazlo. Haz que se ahogue con tu pene.

El hombre empujaba la punta de su miembro contra mis pechos cada vez que la soltaba.

—Fóllala. Hazlo. Joder, mira estas bonitas tetitas. —Me dio una palmada en el pecho con la mano que sujetaba su miembro, y luego, antes de que me diera cuenta por completo de lo que estaba sucediendo, me llenó los senos de semen.

Otro hombre ocupó su lugar de inmediato, usando el semen del hombre anterior como lubricante para follarme los pechos.

—Tómalo, niña. Chúpalo —dijo el otro hombre, poniendo su pene contra mis labios—. Abre la boca y recibe lo que papi te dará de comer. Chúpalo como si se te fuera la vida en ello. —Su voz se volvió más áspera—. Chúpalo fuerte. Chúpalo como si fuera el mejor pene que hayas probado. Chúpalo como si quisieras que te folle más duro de lo que te han follado nunca.

Alguien escupió en mi sexo. Luego hubo risas.

—Mira lo mojada que está.

El hombre que sostenía mis piernas se inclinó y respiró sobre mi vagina.

—No te preocupes, bebé, te haré sentir bien. Haré que te retuerzas mientras te follamos. Te haré aullar de placer.

Comenzó a masajearme el clítoris y abrí los ojos de golpe, mirando a todos lados y buscando a Rafe.

Rafe. ¡Rafe!

Estaban ocurriendo demasiadas cosas a la vez y no estaba lista para ninguna. Había demasiadas manos. No tenía tiempo para decidir si estaba de acuerdo o no con una caricia antes de que la siguiente sucediera. Y sabía que solo tenía unos momentos antes de que comenzara la verdadera intrusión; antes de que uno de ellos metiera su pene en algún lugar en mi interior, tal vez más de uno a la vez, antes de que...

—¡DETÉNGANSE! —Se escuchó un rugido cuando el hombre que masajeaba mi sexo bajó la cabeza para comérmelo al mismo tiempo que el miembro que estaba contra mis labios trató de meterse impacientemente en mi boca.

Entonces los hombres a mi alrededor comenzaron a levantar la cabeza uno por uno, mirando hacia atrás como si hubiera algún tipo de disturbio.

Escuché gritos, forcejeos; luego tiraron a un hombre hacia atrás y se abrió un resquicio en la pared de hombres que se cernían sobre mí y me rodeaban.

¡Era Rafe!

Agarró por el cuello al hombre que estaba inclinado entre mis piernas y le puso las manos en la garganta para estrangularlo. Él se atragantó y aterrizó sobre su culo mientras se daba prisa en alejarse de Rafe. Todo lo que supe fue que una ola de alivio me recorrió como si fuese un maremoto. No sabía qué pasaría luego, pero no habría un pene desconocido en mi boca, sexo o ano. No habría más manos extrañas tocando mis lugares más íntimos como si tuvieran derecho a hacerlo.

Gracias a Dios. Gracias a Dios. Gracias a Dios.

De hecho... gracias a Rafe. Extendí la mano hacia él y su

mano estuvo allí, tal como lo había estado cuando le extendí la mano en las escaleras y le pedí que confiara en mí.

Ahora era yo quien me encontraba confiando en él y no me estaba decepcionando. Me agarró con fuerza cuando me levantó del suelo y me acogió bajo su fuerte brazo, acomodándome por debajo de su hombro.

Pero su delicadeza conmigo no significaba que estuviera tranquilo. No, estaba estremeciéndose de la ira.

—¿Qué coño les pasa a todos ustedes? —gritó al ahora silencioso y callado salón de baile—. No me importa qué diablos haya dicho la señora Hawthorne, ¡podría ser hija de alguno de ustedes, malditos enfermos!

Me encogí al oír esas palabras. Dios mío, ¿era eso lo que en realidad pensaba? Yo creía que la señora Hawthorne jamás me pondría en esa situación, pero ¿quizá ella no sabía la verdad? Cielos, ¿y si se hubiera equivocado y alguno de estos hombres...?

—En realidad —comenzó el señor St. Claire, echando delicadamente a un lado a las dos mujeres arrodilladas a sus pies, su miembro ahora estaba medio flácido. Se envolvió con su túnica plateada y la ató, haciendo que el brillo de la tela se reflejara en el brillante candelabro que pendía sobre su cabeza—. Ella no es la hija de ningún hombre en este salón.

—¿Cómo lo sabes? —lo desafió Rafe, sin retroceder ni un centímetro. Señaló el salón con una mano—. Su madre era una de estas mujeres. Todos ustedes podrían haberla follado. —Una parte de mí temía por él, pues estaba desafiando a uno de los alfas de la Orden, pero también estaba orgullosa.

Me había defendido de una forma que nadie antes había hecho. Y mientras me encontraba envuelta en su brazo protector, viéndolo mirar al señor St. Claire y exigir respuestas, nunca me había sentido más apreciada. Nunca me había sentido alguien por quien valiera la pena luchar. Y tenía muchas ganas de saber la endiablada respuesta de St. Claire. Estos hombres tenían información que me pertenecían. No era justo que callaran.

—Porque lo sabemos —dijo St. Claire.

—¿Quién es mi padre? —exigí—. Dímelo. Merezco saberlo.

La mirada severa del señor St. Claire dejaron de ver a Rafe y se centraron en mí, y fue allí cuando se suavizaron. No me miró lascivamente, como los demás, y me di cuenta de que nunca se había acercado a mí ni me había tocado como los otros hombres. Como si casi siempre hubiese sentido un... afecto paterno por mí. Dios mío, ¿era él? Pero, aguarda, había dicho que mi padre no se encontraba presente. ¿Qué diablos estaba pasando? Me sentía muy confundida.

—Tu padre era miembro de la Orden, pero ya no lo es —dijo St. Claire.

Me limité a negar con la cabeza y mi frustración alcanzó su límite.

—¿Qué quiere decir eso? ¿Quién es?

El señor St. Claire apretó la mandíbula, aunque su rostro no dejó de mostrarse compasivo.

—No es mi secreto, no lo puedo contar.

Me quedé boquiabierta.

—Pero es mi padre. ¡Tengo derecho a saberlo!

Aun así, el señor St. Claire siguió impasible. Había llegado tan lejos y no había conseguido las respuestas que buscaba. Maldición. ¿Era esa parte de la razón por la que había venido? Por mi herencia y por Rafe, si me sinceraba conmigo misma. Ya podía admitirlo. Me había matado imaginarlo haciendo todas las cosas que sabía que ocurrían aquí con otra mujer.

Era una bruja celosa y siempre había querido ser la única. Solo yo. Siempre yo, yo y yo.

Y también quería esta parte. Quería saber quién era mi padre. Y ahora, estar aquí y saber que estos hombres que tenía enfrente lo sabían, pero estaban escondiéndome la información intencionalmente...

Pero entonces el padre de Rafe dio un paso adelante con su túnica bien puesta.

—Tu padre es Edward Kingston.

Parpadeé. ¿Kingston? Pero espera, eso significaba...

—Lamento habértelo ocultado, Montgomery —continuó el padre de Rafe, mirando al otro lado del salón donde se encontraba atónito Montgomery—. Ambos merecían saberlo antes.

Miré a un hombre y luego al otro rápidamente. Espera..., ¿QUÉ? Mi padre era... ¿Mi padre era el padre de Montgomery? Eso significa que éramos...

Dios mío, tenía un hermano. Tenía un hermano.

El vaso de borbón que Montgomery sostenía se le cayó de la mano y se hizo añicos en el suelo, pero luego cruzó el salón de baile como una estela plateada. Se quitó la túnica de la Orden por la cabeza mientras avanzaba. Afortunadamente, aún llevaba su traje debajo. Tan pronto como llegó a mí, me apartó de Rafe lo suficiente para poder colocar delicadamente su túnica plateada por encima de mi cabeza para así cubrir mi desnudez. Luego me envolvió en un abrazo y tembló.

—Mierda —me susurró Montgomery al oído—. Una hermana. No puedo creer que tenga una hermana. Ya no soy hijo único.

Bueno, eso era todo. Estaba acabada. Un sollozo nació

en mi pecho ante sus palabras, pues significaban que ahora yo tampoco era hija única. Siempre me había sentido fuera de lugar, como si no perteneciera a ningún sitio. Como si las personas ricas y adineradas de clase alta a mi alrededor me consideraran una intrusa, alguien inferior. Pero he aquí a Montgomery Kingston, de todas las personas, proclamándome como su familia y abrazándome como si fuera uno de los suyos. Reclamándome frente a una sala llena de gente.

Me abrazó más fuerte y luego se apartó. Había una amplia sonrisa mezclada con preocupación en su rostro. Me secó las lágrimas con los pulgares y sacudió la cabeza con asombro.

—Estoy ansioso por presentarte a Grace, mi prometida. Te adorará.

Lo cual, naturalmente, solo me hizo llorar más fuerte. No solo me estaba reclamando en este momento, ¿sino que tal vez quería que fuera parte de su vida? Dios mío, qué tontería que un comentario tan mínimo pudiera desmoronarme así.

Montgomery seguía secándome los ojos, actuando ya como un hermano mayor, mientras que Rafe me acariciaba la espalda. Escondida entre Montgomery por enfrente y Rafe por mi espalda, nunca me había sentido más protegida. En aquel momento supe que los dos harían cualquier cosa para protegerme, aunque apenas conocía a Montgomery. Sabía qué tipo de hombre era por su reputación y por mis breves interacciones con él de joven cuando era amiga de Rafe.

Era un buen hombre, y era mi hermano. Aquel pensamiento trajo una nueva oleada de alegría y gratitud. Y luego recordé que, mierda, ahora yo también tenía un padre.

Extendí la mano y cogí las de Montgomery.

—¿Cómo es nuestro papá? —pregunté ansiosamente.

El rostro de Montgomery se desanimó de inmediato.

—Lo siento mucho. Es un completo imbécil de mierda. No te hagas muchas ilusiones.

Me sentí decepcionada, pero entonces asentí. Siempre había sabido, en el fondo, que cualquier hombre que no me reconociera y dejara a mi madre en el estado en el que quedó, probablemente no era un muy buen hombre. Estaba bien que lo confirmaran, aunque todavía dolía que el señor Kingston nunca hubiera querido ninguna parte de mí en su vida. Pero eso no era culpa de Montgomery. Apreté las manos de Montgomery con más fuerza y le sonreí.

—Tengo muchas ganas de conocer a Grace.

Montgomery volvió a sacudir la cabeza con asombro y me acercó para darme otro abrazo. Luego retrocedió y se cernió por encima de la multitud que nos rodeaba.

—Esta prueba... —Su rostro se encendió con ira y determinación—. No, esta iniciación ha terminado. Mi hermana no pasará por más. Ha aprobado con éxito y se ha ganado su recompensa. Esto termina hoy, en este mismo instante.

Rafe se movió del sitio que ocupaba a mis espaldas para ponerse a mi lado. Extendió la mano, cogió la mía y se enderezó.

—La concluiré con Fallon de una forma u otra. Depende de ti decidir si he aprobado o reprobado mi iniciación.

Entonces, mi amado Rafe arrugó su fuerte rostro mientras miraba a su padre.

—Lo siento, papá. Lamento no haber podido hacer estas pruebas de la forma que querías. No pude quedarme callado. No pude ser el hombre que era Tim. No soy él.

Y entonces la fachada de Rafe se vino abajo por completo y su voz se quebró.

—Y joder, cuánto lo siento por lo de Tim. Él me llamó esa noche. Es mi culpa. Me llamó y me pidió que lo llevara, pero yo no contesté. Si tan solo hubiera contestado... Pude haberlo salvado, pero no le contesté.

El padre de Rafe se separó de la multitud y se dirigió hacia Rafe. El rostro del hombre que normalmente era reservado se llenó de una emoción que nunca había visto.

—Ay, hijo, no. No, no pienses eso. ¿Has cargado con eso todos estos años? Sabía que te llamó, pues vi el registro de su teléfono móvil. Hijo, él también me llamó esa noche.

—¿Qué? —casi exclamó Rafe.

El padre de Rafe se acercó a él y lo cogió por los hombros.

—Hablé con él esa noche. Lamento no habértelo dicho nunca. Lo siento mucho. No sabía cómo hablar de esa noche. Lo siento, hijo. Él estaba borracho, de nuevo, y yo le dije que no condujera. Me prometió que no lo haría. Yo me ofrecí a recogerlo, pero dijo que iba a dormir en su camioneta; juró que lo haría. Hijo, si hubieras contestado nada habría cambiado. Él te habría dicho lo mismo. Por lo general, dormía en su camioneta si había bebido demasiado.

»Pero a veces, y no me di cuenta hasta después de... —La voz de su padre se quebró—, hasta después de esa noche, a veces no lo hacía. A veces conducía de igual forma. Tu hermano tenía sus problemas. Lo siento mucho. Pero no fue tu culpa, Rafe; no lo fue.

Y esas palabras fueron el punto límite de Rafe, porque enterró la cara en el hombro de su padre y su espalda temblaba de una manera que me hizo saber que estaba llorando. Su padre lo acercó a sí y le dio unas palmaditas en la espalda con torpeza; ninguno de los dos estaba familiarizado con mostrar emociones frente al otro.

Pero lo estaban intentando, y supe que estaba presenciando un momento de curación para ambos. Ay, Rafe, ay, cielo. Esperaba que después de este momento pudiera creerlo en lo más profundo de sí. No era su culpa.

Incluso si las circunstancias hubieran sido distintas, no habría sido su culpa. Tim fue responsable de sus propias acciones aquella noche. Rafe no había hecho nada para que Tim bebiera y condujera, y me alegraba que esto por fin pudiera ayudarle a creerlo y saberlo de verdad en su alma. De todos modos, sería el primer paso.

Pero entonces, el padre de Rafe se apartó. Sin embargo, los ojos llenos de lágrimas le brillaban. Era más emoción de la que creía que el hombre podía mostrar. Parecía lleno de orgullo y amor por su hijo, y si no me equivocaba, su labio inferior temblaba en su intento de contenerse aún más.

Tragó saliva y luego miró alrededor del salón, como si solo ahora recordara que tenía una audiencia más grande. Respiró hondo y se irguió.

—Rafe Jackson también ha superado su iniciación con éxito. No podría estar más orgulloso de pasarle mi manto a este hombre y de llamarlo hijo.

Con eso, su padre se quitó su manto, tal como Montgomery había hecho. A pesar de que no llevaba camisa, al menos seguía usando sus pantalones, gracias a Dios.

Los ojos de Rafe seguían estando húmedos mientras su padre miraba atrevidamente a cualquiera que pudiera contradecirle cuando colocaba el manto alrededor de su hijo. Luego alzó la mano de Rafe.

—¡La Orden del Fantasma de Plata le da la bienvenida a su miembro más reciente: Rafe Jackson!

Por todo el salón, los bastones empezaron a impactar contra el suelo blanco bajo nuestros zapatos hasta que la sala se convirtió en un rugido de resonantes golpes de bastón.

Mi pecho se llenó de calor por Rafe. Sí, era un miembro,

pero más aún, tenía el amor de su padre y le habían liberado de la culpa por la muerte de su hermano, y yo esperaba, rezaba, que tuviera un futuro en el que pudiera ver cómo explorar esa libertad y amor al máximo.

Tal vez incluso conmigo a su lado, ahora que por fin también era libre.

Y como si él hubiera escuchado mis pensamientos, se volvió hacia mí y dijo lo único que siempre había deseado escuchar de él. No que quería hacerme un cheque o casarse conmigo; ni siquiera que estaba decidido a protegerme.

No, dijo las palabras más simples y profundas que un humano puede decirle a otro:

—Te amo, Fallon Perry.

Y me besó con toda la pasión del mundo.

Yo le devolví el beso con alegría inundando mi corazón.

CAPÍTULO 19

Fallon

Había terminado. Todo había terminado. No podía creerlo.

Pero aquí estábamos Rafe y yo, empacando para ir a casa. Habíamos pasado la prueba. Habíamos ganado.

Y no hice más que quedarme sentada, estupefacta, en la cama mientras Rafe iba de aquí para allá, reuniendo nuestras cosas y metiéndolas en nuestro equipaje. Quería marcharse de aquí tan pronto como le fuera humanamente posible.

No estaba segura de por qué no sentía lo mismo que él. Tal vez era porque soy hija de este lugar. Me habían concebido debajo de este techo, en el sentido literal de la palabra, a pesar de las circunstancias. Finalmente conocía la verdad. Todas las piezas faltantes del rompecabezas por fin habían encajado. La imagen que estas habían creado no era ni linda ni agradable, pero, tal como algunos de mis cuadros, con sus colores disonantes e imágenes que no eran inmediatamente reconocibles, mi vida era hermosa cuando se la veía en su totalidad. Inclusive era perfecta.

Yo era perfecta. Perfecta con mi quebranto, con mi lado áspero, con mi delicadeza, con mi ira, tristeza y furia, y perfecta en mis momentos de alegría.

Ahora mismo, en este instante, mirar al hombre que siempre había amado más que a nadie en el mundo —incluso antes de que fuera un hombre, cuando ambos éramos niños— era perfecto.

—Eh. —Estiré la mano y cogí su muñeca cuando se inclinó para alcanzar la camiseta que había tirado a los pies de la cama—. Siéntate conmigo un momento.

Él alzó las cejas.

—Bebé, quiero irme de este lugar, y mientras más pronto lo hagamos, mejor. Antes de que cambien de opinión y decidan imponernos otra retorcida prueba.

Le puse cara de cachorrito.

—¿Por favor? Solo por un minuto. Sesenta segundos como máximo.

Él se rio y ocupó el puesto a mi lado.

—Sabes que nunca podría decirte que no.

Su muslo se sintió cálido contra el mío. Tenía puestas unas mallas y una camiseta larga, pero bien podría haber estado desnuda, por las chispas que sentí subiendo a mi estómago ante su contacto. Tal vez él sentía algo similar, porque sus manos se dirigieron a mi rostro de inmediato. Apoyó su frente en la mía y su susurro me calentó los labios.

—Dios mío, cuánto te amo.

Demonios, no había conocido la perfección hasta ahora. Envolví los brazos alrededor de su cuello e incliné su cabeza hacia atrás.

—He esperado toda mi vida para oírte decir eso.

Él frunció las cejas.

—¿Y? ¿Lo he hecho demasiado tarde?

Mi corazón se fracturó y luego se apretujó. Negué con la cabeza.

—Nunca. —Entonces lo besé con todo lo que tenía. Me aparté solo para poder respirar, y para así poder decirle al fin—: Te amo, Rafe. Siempre te he amado, a ti y a nadie más que a ti. Siempre a ti.

Él me abrazó con fuerza, y era probable que hubiéramos empezado a quitarnos la ropa que acabábamos de ponernos si no hubiera habido un fuerte golpe a la puerta, y, sin aguardar ni un momento, la señora H entró.

Si se sorprendió al vernos abrazados, no pareció desconcertada en lo más mínimo.

—Vale, niños, habrá más que tiempo suficiente para eso después. Les sugiero que se pongan en marcha. Rafe, algunos de los ancianos se están poniendo quisquillosos con la jugada que has hecho, y sería mejor que se fueran más pronto que tarde.

Aquello hizo que Rafe saltara de la cama de inmediato, y me sujetó la mano con fuerza.

—Hora de irnos, bebé.

Era tonto, pero algo en mi interior se iluminaba cuando me decía así. Sonreí como una adolescente al mismo tiempo que me incorporé y lo ayudé a meter el resto de nuestras cosas en las maletas.

—Aquí están sus teléfonos móviles —dijo la señora H y nos entregó los móviles. Me hizo un guiño y me apretó los dedos cuando me entregó el mío—. Puede que quieras echar un rápido vistazo a tu saldo, muchacha. Ya se ha procesado.

—¿Ya? —Me ahogué un poco al pronunciar la palabra.

Ella asintió y vi un brillo en sus ojos. Me abrazó fugazmente y luego retrocedió para hacer lo mismo con Rafe antes de marcharse.

Sí, estaba feliz por la reconciliación entre Rafe y yo, además de enterarme de lo de mi hermano y haber conseguido por fin todas las respuestas que había estado buscando, pero yo era una chica práctica. Si mi vida en verdad iba a cambiar en las formas significativas que había estado esperando...

Abrí la aplicación del banco y puse mi huella para desbloquearla, y fue bueno que estuviera sujetando con fuerza el móvil, porque...

Mierda.

Mierda.

Era rica.

Era multimillonaria.

Cómodamente podría comprarle a mi madre la casa que siempre se había merecido: muchos metros cuadrados, un patio interminable, jardín, incluso una piscina, probablemente, y apenas me afectaría. Podría comprarle diez casas.

Estallé en risas. No pude evitarlo.

—¿Es todo lo que estabas esperando? —preguntó Rafe.

Traté de minimizar mi sonrisa, pero no pude. No me importaba si eso me hacía ver como una cazafortunas. Siempre había odiado ese término. Y el asunto era que ahora podía hacer frente a Rafe como una igual. No necesitaba su dinero, su caridad, ni que se casara conmigo porque sentía pena por mí.

Aquello nunca hubiera pasado, pues él no era así. Pero tal vez no podía creérmelo hasta ahora. Podría haberme dicho sus sentimientos hasta quedarse sin aire, pero hasta que *yo* lo creyera, no hubiera marcado ninguna diferencia.

Pero ahora era libre. Era poderosa.

Libre y poderosa para reclamar lo que siempre había querido.

Pero Rafe se veía triste.

—Entonces supongo que esto es todo —dijo, mirando las maletas listas—. Te irás por tu camino y yo por el otro, ¿cierto? Regresamos a la realidad. ¿Volverás a Pasadena?

Lo único que hice fue reír al escucharle. No creo que fuera la inseguridad lo que lo hizo decir eso, sino su intento de no darme órdenes como cuando me dijo que me haría un cheque o cuando me pidió que me casara con él. Estaba haciendo su mejor esfuerzo, y eso significaba mucho para mí.

Pero ya no tenía miedo.

—No, no creo que vuelva a California. Todavía no. Quiero decir, tal vez algunos de estos cuadros sirvan para una exposición si puedo ponerme en contacto con algunas galerías y encontrar alguna que quiera presentarme. —Miré los cuadros que estaban amontonados, en su mayoría, junto a la puerta de la habitación, donde Rafe había empezado a acomodarlos delicadamente.

Volví a mirarle a los ojos.

—Lo único que sé es que quiero estar donde tú estés. He llegado a casa y no quiero marcharme nunca más. —Extendí la mano y le cogí la suya para que supiera que, cuando decía «casa», me refería a él.

Una enorme sonrisa cruzó su rostro lentamente.

—Ya verás, bebé. Voy a convertirte en la señora Jackson tarde o temprano.

Me reí en voz alta y le envolví el cuello con los brazos solo para que supiera con exactitud lo que sentía al respecto. También di un salto y enredé las piernas en su cintura para que se viera obligado a sostenerme el trasero. Les dio un masaje a mis nalgas al mismo tiempo que me besó.

Vaya, eso sí que se sentía bien.

Estábamos empezando a calentarnos y excitarnos, y

Rafe me había apoyado contra la pared más cercana, cuando otro fuerte golpe se oyó en la puerta. *Toc, toc, toc, toc.*

Me aparté, jadeante. Dios mío, ¿es que Rafe tenía razón y esto no era más que un breve aplazamiento hasta que los juegos sádicos comenzaran de nuevo?

Pero entonces una voz grave y retumbante se oyó:

—Eh, ¿qué estás haciendo con mi hermanita?

Rafe me miró, yo me bajé de encima y moví mi mano con impaciencia, indicándole que le abriera la puerta a Montgomery. El rostro de este se iluminó en el segundo en que me vio.

—Joder, hermanita —dijo Montgomery—. No puedo creer que no nos hayamos dado cuenta antes. Mira, ¡tenemos la misma nariz!

Me apartó de Rafe y me envolvió en un fuerte abrazo de oso. Yo fui a su lado voluntariamente y se lo devolví con tanta fuerza como pude. Seguía siendo irreal. Un hermano... Apenas podía hacerme a la idea, mucho menos a la realidad.

Mientras tanto, Rafe cogía nuestro equipaje y se lo pasaba a Montgomery.

—Eh, amigo, ¿me ayudas a llevar el equipaje al auto? Hay algo que debo hacer antes de irme.

—Claro. —Montgomery empezó a cargar las maletas. Me dio un último beso en la frente, percatándose del móvil en mi mano—. Ah, por supuesto. —Bajó el equipaje y me quitó el aparato, guardando en él su número—. Llámanos esta semana, sé que Grace querrá conocerte de inmediato y tenemos demasiadas cosas con las que ponernos al día.

Todo lo que pude hacer fue sonreírle como una idiota y asentir; tras eso, salió por la puerta. Me volví hacia Rafe, quien también sonreía, pero me di cuenta de que tenía el ceño fruncido.

—¿Qué? ¿Qué pasa?

—Nada —dijo al principio, abrazándome de nuevo como si no pudiera soportar no estar tocándome ni por un momento. Luego, dijo—: Bueno, no es del todo cierto. Quiero despedirme de mi hermano antes de irme. Está enterrado en el cementerio de la colina.

—Oh, cariño —musité.

—Está bien —dijo, retrocediendo y mirándome a los ojos. Le creí.

—Creo que por fin estoy listo para decir adiós. Él siempre estará conmigo, pero lo que dijo mi padre... —Respiró con dificultad—. Es como si hubiera tenido un peso en el pecho todo este tiempo, el cual por fin se ha ido. Y bueno... quería despedirme por fin de la forma correcta. Sin toda la basura por medio, ¿sabes?

No estaba segura de que pudiera conocer o comprender totalmente por lo que había pasado, pero asentí porque quería que supiera que siempre lo apoyaría. Siempre, mientras me lo permitiese. Y en verdad esperaba que lo hiciera por mucho tiempo.

—Nos vemos en el auto. Estaré esperándote.

Sonrió.

—Más te vale.

—Siempre.

Entonces me besó con fuerza. Aquel fue un beso que prometía un futuro pleno y brillante.

EPÍLOGO

Beau Radcliffe

Me dirigí a la ventana para tratar de apartar la mirada de Abilene, algo que a duras penas podía hacer, ya que cada hora en la Oleander pasaba a un ritmo agónicamente lento. Sabía que la única manera de superar estos días era mantenerme centrado en el desenlace. Sin distracciones. Las mujeres arruinaban las cosas en mi vida, y estaba segurísimo de que no iba a permitir que esta echara a perder la prueba más importante de todas.

El objetivo de la Orden era quebrantar a la bella, no salvarla, ni enamorarse de ella, ni vivir un felices por siempre.

No habíamos estado mucho tiempo en la mansión y ya me encontraba batallando, lo cual no era buena señal. Me había preguntado si estaba hecho para esta sociedad secreta de mierda, y casi me había retirado con una reverencia cuando llegó mi turno. ¿Pero qué pensarían todos? ¿Se habría acabado mi futuro? ¿El apellido de mi familia se arruinaría?

No... Necesitaba centrarme en completar todas y cada una de las pruebas sin importar lo que me pidiesen, lo que sea que nos solicitasen.

Afortunadamente, vi una distracción en mi ventana. Rafe caminó lentamente hacia el cementerio, y a pesar de que conocía su motivo, decidí salir de nuestra habitación por un minuto e ir a saludarle... o despedirle, ya que sabía que había concluido su iniciación. La señora H me había dicho esta mañana que ahora solo estaríamos Abilene y yo, aunque contó pocos detalles.

—Vuelvo enseguida —le dije a Abilene, que leía un libro junto a la chimenea. Tenía el presentimiento de que se volvería algo habitual.

Ella alzó la vista, sorprendida.

—¿Adónde vas? No se nos permite salir de la habitación por nuestra cuenta.

—No —dije mientras me ponía rápidamente los zapatos—. A ti, la bella, no se te permite salir. Me tardaré un segundo. Iré a despedir a mi colega. —La miré y vi que las noticias de que se quedaría sola la habían irritado—. No te preocupes, solo serán un par de minutos.

No esperé que discutiera ni pidiera venir conmigo, sino que salí de la habitación rápidamente, troté por el pasillo, y salí de la casa para poder alcanzar a Rafe, que casi estaba en la cima. Mientras me acercaba al sitio donde estaba de pie, frente a una tumba, lo escuché hablando y decidí darle el espacio para que dijera lo que había venido a decir.

—Debí haber venido más pronto —dijo Rafe, mientras se quedaba parado frente a la lápida de Timothy—. Fue la culpa lo que me mantuvo lejos. Siempre pensé que fui yo quien te había enterrado aquí, y aunque sigo deseando haber contestado esa llamada de mierda...

Respiró hondo e hizo una pausa por varios segundos.

—Bueno, lo hice. Pasé la iniciación. Quería hacer sentir orgulloso a papá y también honrar tu nombre, lo cual espero haber hecho. ¿Puedes creerlo? Soy miembro de la Orden del Fantasma de Plata. Usaré una de esas capas y seré parte de todo lo que pasa ahí.

Rafe miró a sus pies y pateó una raíz antes de añadir:

—Cuánto te extraño, hermano, de verdad. Pero también tengo algunas noticias. ¿Te acuerdas de Fallon Perry? Sí, bueno, no te lo vas a creer, pero la amo. —Se rio—. Sí, siempre me molestaste por estar coladito por ella cuando éramos niños, y tenías razón, por más que deteste admitirlo. En fin, espero tenerla en mi vida para siempre, y me da algo de consuelo saber que la conociste y que lo aprobarías. Sé que la aprobarías.

Su voz cambió, y alzó la vista al cielo.

—Te extraño, joder.

—Era un buen hombre —dije mientras me acercaba a Rafe y ponía la mano en su hombro como forma de consuelo—. Siempre admiré a Tim. Estoy seguro de que estaría muy orgulloso del hombre en que te has convertido.

Rafe asintió.

—Era un buen hombre, y eso espero. En verdad espero haber honrado su recuerdo. —Entonces me miró—. ¿Escapándote de la guarida de víboras por un rato?

Me encogí de hombros y metí las manos en los bolsillos sin dejar de mirar la tumba de Tim.

—Esto es una locura. Es lo que te puedo contar. Nada de lo que Sully me dijo me hubiera preparado para esto. —Miré a Rafe y añadí—: Estoy feliz de que pudieras completar la iniciación. Felicidades. Espero poder hacer lo mismo.

Rafe rio sin mucho humor.

—Acabas de empezar. Créeme, se pone mucho peor.

—Pero tú aprobaste, así que está bien.

—No estoy seguro de cómo. Hubo momentos en los que casi renuncio. Siendo honesto, le debo una gran parte de ello a Fallon. Esa chica hizo que no perdiera la cabeza.

—Tuviste mucha suerte de que tu bella hubiera sido alguien a quien conocías. Estar encerrado con una completa desconocida es extraño. Es como si la peor cita a ciegas de la historia se repitiera una y otra vez. Pienso que es más difícil de lo que han sido las pruebas en sí.

—¿Te llevas bien con tu bella? —preguntó Rafe.

—Bueno... no tan bien como Fallon y tú, pero nos llevamos bien. Es un buen polvo y está muy buena, así que considero que tengo suerte. Pero cuando terminen los 109 días me iré y no miraré atrás.

Rafe se rio y me dio una palmada en el omóplato.

—Puedes decirte a ti mismo lo que quieras, pero no hay forma de que nadie pueda salir de aquí tras soportar lo que soportamos por tanto tiempo sin formar ningún tipo de conexión. Es imposible. Esa bella va a jugar con tu mente y con tu corazón. Es inútil luchar contra ello.

—Tu situación es diferente —dije—. Pero estoy feliz por ti. Esperemos que los demás pasemos las pruebas y no nos suceda lo de Sully.

—Tú puedes con esto —me animó Rafe mientras se volvía para irse del cementerio—. Debo irme, Fallon me está esperando.

Caminé a su lado, tratando de no centrarme en la enorme mansión que tenía enfrente. Me recordaba a algo que escribiría Stephen King en una de sus novelas de terror. El momento de aire fresco y el descanso me hicieron sentir normal otra vez, humano.

—¿Quieres un consejo? —preguntó Rafe mientras descendíamos la colina.

—Por supuesto. Lo que sea que me ayude a superar esto.

—No seas un imbécil. —Me dio una palmada en la espalda de forma amable y sonrió—. Te conozco. No formas relaciones, eres reservado, y puedes llegar a ser un imbécil de primera. Te lo digo con cariño. Ser un imbécil no te va a ayudar ni a ti ni a tu bella, así que no lo seas.

Sonreí y le di un empujón a Rafe juguetonamente.

—Comprendo. No debo ser un imbécil. —A medida que nos acercábamos a la mansión, hice la pregunta que tenía en mente desde que salí de la habitación—. ¿Por qué hacemos esto? Digo... ¿por qué nos importa? ¿Por qué es tan importante la Orden?

—Es malicia heredada —dijo Rafe con simpleza—. Está en nuestra sangre. No hay elección.

¿QUIERES MÁS ROMANCE OSCURO EN LA SERIE HEREDEROS Y BELLAS?

Sigue leyendo para ver un adelanto de Malicia heredada...
https://geni.us/MaHe-ES-n

VISTA PREVIA DE MALICIA HEREDADA

Capítulo I
Consuela

Observé atentamente al hombre que entró con ostentosos ropajes en el bar del pequeño pueblo de Georgia. Había llegado al establecimiento unos treinta segundos antes que él, y el corazón me seguía latiendo a mil kilómetros por hora. Tenía la esperanza de tener más tiempo para pedir una bebida y verme más natural, pero el camarero estaba coqueteando con una mujer al otro extremo del bar. Me había vestido de forma discreta a propósito; después de todo, estaba tratando de pasar desapercibida.

Lo que buscaba hoy no era la atención del camarero. No, tendría que hacer esto con muchísimo cuidado si no quería meter la pata hasta el fondo. Tenía una sola oportunidad. Habría rezado si fuera de las que rezan, pero no. Recordé las palabras de Tina en la casa de acogida cuando me enseñó los trucos del oficio.

No necesitaba tener a la suerte, ni a Dios, de mi lado. Ni siquiera tenía que ser la persona más lista de todas las presentes. Solo necesitaba ser la más astuta, tenía que analizar cada ángulo y a cada persona, buscar las señales, los puntos débiles, los detalles e instrumentos de los que me pudiera valer para manipular a las personas y así lograr que hicieran lo que fuese que quisiera.

Yo no era tan buena como Tina. Nadie lo era. Me había enseñado todo lo que sabía, me usó para una última estafa y luego me descartó cuando no le fui de más utilidad. Como dije, me enseñó todo lo que sabía.

Saqué mi teléfono móvil y fingí estar embebida en la diminuta pantalla mientras, disimuladamente, veía por el rabillo del ojo al hombre mayor en esmoquin y frac que le ofrecía a la hermosa mujer de la esquina una invitación caligrafiada. Ella pareció confundida, pero entonces en sus ojos se notó que había entendido. Diablos, sabía lo que significaba. No llegaría tan lejos como para arrancarle la invitación de sus muertas y frías manos o algo por el estilo, pero me iría de aquí con ella de alguna forma u otra. Solo que aún no lo sabía.

El anciano del esmoquin por fin salió por donde había entrado, y la mujer de la esquina le pidió otra ronda de bebidas a una camarera que pasaba cerca. Pero entonces se detuvo por un momento, sacó la billetera y despachó a la empleada sin pedir nada, después de todo.

Ajá. Era tal como lo había oído. La Orden realmente se aprovechaba de mujeres que no tenían más opciones. Hijos de puta.

Sonreí, pues lo que hacía a esta mujer un blanco perfecto de la Orden, también la hacía perfecta para mí. Era hora de entrar a matar, por así decirlo. Cogí mi bolso y fui directo a la mesa de la mujer.

—¿Este asiento está ocupado? —pregunté, señalando la

silla que estaba al lado opuesto de la pequeña mesa cuadrada.

La mujer alzó la vista, confundida por mi repentina presencia. Me senté antes de que pudiera decir algo de una manera u otra y llamé a la camarera que acababa de pasar por un lado.

—Yo invito las bebidas. ¿Qué quieres tomar?

Aquello la animó un poco.

—Vodka y refresco.

Sonreí.

—Un clásico. Que sean dos vodkas con refresco.

La camarera asintió sin mucho interés y se alejó.

—Hola, me llamo Vanessa —dije, extendiendo una mano hacia el otro lado de la mesa. Aquello era mentira. Mi nombre real era Connie, pero no lo había usado desde el hogar de acogida. Desde ese entonces había estafado varias veces, y cualquier idiota sabía que no se debía usar ningún nombre que pudiera rastrearse.

La brillante invitación seguía encima de la mesa que nos separaba, pero mantuve los ojos en el rostro de la hermosa mujer y no la bajé ni por un segundo. Ella estiró la mano de forma vacilante y estrechó la mía.

—Esto, hola. Yo soy Abilene, pero me dicen Abby.

Le sonreí.

—Hola, Abby. Soy nueva en este pueblo, pero crecí en el pueblo vecino. ¿Conoces Burrows Creek?

Ella sonrió y relajó un poco la postura.

—Claro, creo que jugamos fútbol contra ustedes.

Me reí al oír eso.

—¿A qué instituto fuiste?

—Al Simmons.

—Joder, ustedes siempre nos machacaban.

Ella soltó una risa.

—Casi fuimos a las estatales en mi último año. Macha-camos a todos.

Pasaba los dedos sin parar por la invitación que yacía en la mesa. Esto sería demasiado sencillo. La camarera nos trajo nuestras bebidas y yo fingí darle un sorbo a la mía al mismo tiempo que animaba a Abby a pedir otra —yo invitaba, desde luego. Trató de protestar, pero meneé la mano para mostrarle que no tenía importancia.

—Es el último día de una larga semana y es agradable conocer a alguien nuevo en este pueblo. Llevo días de mala racha. A estas alturas aceptaría cualquier cara conocida.

De inmediato su rostro reflejó comprensión.

—Cielos, ¡entiendo exactamente lo que quieres decir! Mi exnovio acaba de echarme de casa. Tal parece que se ha estado acostando con una zorra del salón de belleza que apenas acaba de salir del instituto. Fui hasta allá y la confronté por haberse enrollado con mi hombre, y entonces su jefe llamó al mío en el centro comercial que está a una calle, pues ambos se conocen, y fui yo quien perdió su trabajo. Este pueblo es una mierda.

Entonces alzó la vista para mirarme.

—Perdona. Sé que acabas de mudarte, pero yo no veo el día en que me largue de aquí.

Asentí compasivamente mientras ella volvía a pellizcar el borde de la invitación que estaba en la mesa.

—¿Qué es eso? —pregunté con tanta inocencia como pude.

Ella soltó un bufido.

—Una locura. Una locura es lo que es. —Negó con la cabeza y alzó la invitación grabada con letras doradas.

Luego volvió a bajarla y la cubrió con una mano, mirando a los lados como si alguien que estuviera observando la pudiera pillar en algo. Se inclinó sobre la mesa, y yo también lo hice.

—Eres de por aquí, ¿verdad?

Asentí.

—¿Alguna vez has oído sobre la Orden? ¿Esa sociedad secreta o algo así que puede ofrecerles a las chicas lindas lo que sea que quieran y así cumplir sus sueños?

Me relamí los labios y luego maldije por delatarme de forma tan evidente. Intenté verme más despreocupada cuando asentí e hice una pausa, desviando la mirada a la invitación.

—Espera. No querrás decir... —Jadeé y fingí tomar un trago de mi bebida, sin dejar que el líquido entrara a mi boca de verdad.

Entonces me incliné más y bajé la voz hasta que esta fue un susurro.

—Digo, vi a ese tipo raro entrando. No me digas que es eso. ¿Es una de esas invitaciones de las que hablas?

Ella abrió los ojos de par en par y asintió.

—¡No puede ser! —chillé y estampé la mano contra la mesa.

Ella soltó una risita e hizo un gesto con las manos para pedirme silencio.

—Shhh. —Volvió a mirar a nuestro alrededor—. Shhh, no quiero que nadie más se entere.

Yo asentí e hice un ademán de que mis labios estaban sellados. Me moví en la mesa para quedar en un asiento que estuviese más cerca del suyo, y entonces le pregunté:

—Pero, en serio, ¿no estarás de coña? Es imposible que ese hombre te haya dado una de esas invitaciones. Pensé que eran inventos.

—¡No es así! ¡Mira!

Me entregó la invitación. Me la entregó y ya. Yo cogí el

valioso y suave papel nuevo y cuidadosamente miré por encima las letras doradas.

Las pruebas de iniciación de Beau Radcliffe.

Mierda. Allí estaba en blanco y negro. Su nombre. Beau Radcliffe.

Durante todo este tiempo ni siquiera sabía cuál era su apellido. Me reí cuando oí su nombre por primera vez. Pensé que se pronunciaba «Beo», y además me pregunté: ¿quién le pondría a su hijo un nombre tan similar a la palabra «bobo»?

—Pero no estás pensando en hacerlo, ¿o sí? —pregunté, devolviéndosela.

Ella se mordió el labio inferior y bebió lo que quedaba de su vodka; luego, tosió un poco antes de volver a tomar otro largo sorbo de la copa que la camarera acababa de traer. Tenía los ojos tan humedecidos por el ardor del alcohol, al cual evidentemente no estaba habituada en tales cantidades ni en tan rápida sucesión.

—No lo sé —dijo y su voz sonó desolada.

Se inclinó y su cabeza se movió de un lado a otro. Me quedaba claro que estaba algo ebria. Pesaba menos que una mosca, y no tenía ni idea de cuánto había bebido antes de que yo la ayudara con ese vodka adicional.

—He escuchado cosas malas sobre lo que ocurre en esas iniciaciones —susurró en voz baja, meciéndose para acercarse a mí—. Cosas que me espantan. Me temo que no podría soportarlo.

Ella sacudió la cabeza y su mirada se volvió distante cuando alcanzó la copa y, de nuevo, volvió a beber hasta dejarla vacía. Sus ojos lucían brillantes y húmedos cuando me miró de nuevo.

—Pero no sé qué otra opción me queda. Ya no tengo a nadie más. Papá ya no está, mamá nos abandonó cuando era niña, mis hermanos son unos imbéciles a los que les doy igual, y ahora que JJ me ha engañado y echado de casa...

Una gorda y hermosa lágrima bajó por su mejilla de porcelana. Demonios, era hermosa incluso cuando lloraba. No habrían podido elegir a una candidata más perfecta.

Yo me veía fea cuando lloraba. Había pocas cosas sobre mí que pudieran interpretarse como delicadas, y mucho menos elegantes. Pero entendía por qué habían elegido a esta hermosa y delicada mujer para que fuera una bella en el Baile de Medianoche. Honestamente, le estaba haciendo un favor. El mundo destrozaría a una mujer como ella si no levantaba cabeza y se endurecía lo más pronto posible. Alargué la mano y cogí las suyas.

—Abilene, escúchame. Eres una mujer fuerte, tú puedes con esto.

Cuando empezó a negar con la cabeza y otra hermosa lágrima nació y bajó por su mejilla, hice mi jugada. Busqué en mi bolso y saqué los dos sobres de dinero que había guardado en él. Era todo el dinero que tenía en este mundo, pero había que apostar en los grandes juegos, y este era el juego más grande de mi vida.

—Abby, escúchame. Tienes razón. He oído sobre la Orden, las pruebas, y todo lo que se necesita para llegar hasta el final. ¿Y si...? —dije y me interrumpí. Traté de que sonara creíble y natural, como si fuera algo que se acababa de ocurrir y no algo que había calculado durante horas anoche frente al espejo—. ¿Y si nos ayudamos mutuamente?

Ella me miró sin cuidado. El pelo castaño rojizo se le había salido de la coleta y ahora lo tenía por el rostro.

—¿A... a qué te refieres? —Entonces bajó la vista, vio los gruesos sobres y abrió los ojos de par en par. Soltó la invitación y comenzó a tocar el gordo fajo de billetes que había dentro.

—Ahí hay tres mil dólares. Iba a usarlos para mi nuevo comienzo, pero los cambiaría por la invitación que tienes en tus manos.

Ella levantó la cabeza y vi sospecha en su mirada. Extendí las manos y cogí las suyas con fuerza. Hora de la charla personal.

—Cuando vi esa invitación, supe que era el destino lo que hizo que nos encontráramos hoy. ¿Cuál es la probabilidad de que pase algo así? Anoche me puse de rodillas y le recé a Dios por un milagro. Mira, mi madre está enferma. Necesita una operación y estos tres mil dólares no harán nada por ella. Estaba intentando conseguir un trabajo, quizá conocer un hombre, no sé.

Me incliné hacia ella.

—Haría cualquier cosa, cualquier cosa, por mi madre. Nada de lo que esos imbéciles de la Orden puedan hacerme me asustaría. Incluso si solo tengo una oportunidad entre veinte de que me escojan...

Ella abrió los ojos aún más.

—¿Solo hay una posibilidad entre veinte de que te elijan cuando vas allá?

—¿No lo sabías? —Cielos, ni siquiera estaba mintiendo sobre esa parte.

Ella negó con la cabeza, y luego miró el dinero que había dejado en la mesa frente a ella.

—¿Y me darás todo este dinero solo por esa oportunidad?

Yo estreché la mano que seguía sujetando. Logré hacer que se me humedecieran los ojos, algo que Tina había practicado conmigo durante meses antes de que pudiera hacerlo cuando me viniese en gana. Pero ahora era una profesional.

—Por mi madre... —Pestañeé para mantener a raya las lágrimas que venían—. Por mi madre haría cualquier cosa.

Lo que sea, ¿me oyes? Te juro que esto es el destino. Creo que todo sucede por un motivo, ¿no crees?

Ella parpadeó. Podía darme cuenta de que estaba a punto de decir que sí, así que continué:

—Piénsalo, Abby. Podrías montarte en el próximo autobús e irte de este pueblo. Podrías empezar desde cero en cualquier lugar que quisieras y convertirte en quienquiera que desees.

Volvió a parpadear, y entonces lo vi. Vi un movimiento de cabeza casi imperceptible. Estaba empezando a visualizar el futuro que le estaba pintando. No tenía ni puñetera idea de si en verdad lo haría, o si solo cogería los tres mil y se iría a gastarlos en una PlayStation y un montón de cosas inútiles, pero, al mismo tiempo, conocía la desesperación cuando la veía. Abby estaba desesperada, y tampoco parecía ser idiota.

Su momento de indecisión no duró mucho tiempo. Como dije, no era una idiota. Agarró el dinero y, antes de que pudiera volver a sollozar, ya había metido los sobres debajo de la mesa y los había guardado dentro de su bolso.

—No sé cómo podría agradecerte esto —empezó a decir efusivamente. Seguidamente empujó la invitación hacia mí y se levantó de la mesa—. Es como has dicho: todo sucede por un motivo. Lo voy a hacer. Gracias... Vanessa, ¿no? Ay, Vanessa, ¡eres mi ángel!

Se dirigió al otro lado de la mesa y me dio un abrazo, pero, como lo haría una mujer inteligente, no se quedó por mucho rato como para permitirme que cambiara de opinión cuando pensaba que se había llevado la mejor oferta. Se largó del bar.

Y yo me quedé mirando mi boleto dorado. Mi entrada. Sonreí, me limpié las lágrimas falsas de los ojos y me incorporé. Era hora de prepararme para el baile de mañana por la noche.

Beau Radcliffe no tenía ni idea de lo que le esperaba.

———

No pares de leer.
La saga de Herederos y Bellas continúa con:
Malicia heredada
¿Estás listo para la historia de Beau Radcliffe?
https://geni.us/MaHe-ES-n

———

¿Te gustaría una escena adicional de un oscuro ritual de iniciación entre Grace y Montgomery? Para sentir un chispazo extraoscuro y sacrílego, lee la escena que fue demasiado sombría como para incluirla en el libro.
¡Haz clic para hacerte con ella AHORA MISMO!
https://BookHip.com/LHRMTMX

OTRAS OBRAS DE STASIA BLACK

HEREDEROS Y BELLAS

Pecados elegantes (https://geni.us/PeEl-ES-w)

Mentiras encantadoras (https://geni.us/MeEn-ES-w)

Obsesión opulenta (https://geni.us/ObOp-ES-w)

Malicia heredada (https://geni.us/MaHe-ES-w)

ROMANCE DE UN HARÉN INVERSO

Unidos para protegerla (geni.us/UnPaPr-ES-w)

Unidos para complacerla (geni.us/UnPaCo-ES-w)

Unidos para desposarla (geni.us/UnPaDe-ES-w)

Unidos para desafiarla (https://geni.us/UnPaDes-ES-w)

Unidos para rescatarla (https://geni.us/UnPaRe-ES-w)

Tabú

La dulce niña de papá (https://geni.us/LaDu-ES-w)

AMOR OSCURO

Lastimada (geni.us/Lastimada-ES-w)

Quebrada (geni.us/Quebrada-ES-w)

Amor Oscuro: Una Colección Oscuro Multimillonario
(https://geni.us/AmOs-ES-w)

SEDUCTORES RÚSTICOS

La virgen y la bestia (geni.us/LaViYLaBe-ES-w)

Hunter (geni.us/Hunter-ES-w)

La virgen de al lado (geni.us/LaViDeAlLa-ES-w)

OTRAS OBRAS DE ALTA HENSLEY

HEREDEROS Y BELLAS

Pecados elegantes (https://geni.us/PeEl-ES-w)

Mentiras encantadoras (https://geni.us/MeEn-ES-w)

Obsesión opulenta (https://geni.us/ObOp-ES-w)

Malicia heredada (https://geni.us/MaHe-ES-w)

ACERCA DE STASIA BLACK

STASIA BLACK creció en Texas y recientemente pasó por un período de cinco años de muy bajas temperaturas en Minnesota, y ahora vive felizmente en la soleada California, de la que nunca, nunca se irá.

Le encanta escribir, leer, escuchar podcasts, y recientemente ha comenzado a andar en bicicleta después de un descanso de veinte años (y tiene los golpes y moretones que lo prueban). Vive con su propio animador personal, es decir, su guapo marido y su hijo adolescente. Vaya. Escribir eso la hace sentir vieja. Y escribir sobre sí misma en tercera persona la hace sentir un poco como una chiflada, ¡pero ejem! ¿Dónde estábamos?

A Stasia le atraen las historias románticas que no toman la salida fácil. Quiere ver bajo la fachada de las personas y hurgar en sus lugares oscuros, sus motivos retorcidos y sus más profundos deseos. Básicamente, quiere crear personajes que por un momento hagan reír a los lectores y que después los tengan derramando lágrimas, que quieran lanzar sus kindles a través de la habitación, y que luego declaren que tienen un nuevo NLS (Novio de Libro por Siempre; o por sus siglas en inglés *FBB Forever Book Boyfriend*).

Website: stasiablack.com

Facebook: facebook.com/StasiaBlackAuthor
Twitter: twitter.com/stasiawritesmut
Instagram: instagram.com/stasiablackauthor
Goodreads: goodreads.com/stasiablack
BookBub: bookbub.com/authors/stasia-black

ACERCA DE ALTA HENSLEY

Alta Hensley es una autora bestseller de USA TODAY que escribe historias de romance oscuras e indecentes. También es una autora bestseller que figura entre los más vendidos de Amazon. Como autora publicada en múltiples oportunidades dentro del género romántico, a Alta se le conoce por sus sombríos y resueltos héroes alfa, sus historias de amor ocasionalmente tiernas, su erotismo picante, y sus relatos cautivantes sobre la constante lucha entre la dominancia y la sumisión.

Newsletter: readerlinks.com/l/727720/nl
Website: www.altahensley.com
Facebook: facebook.com/AltaHensleyAuthor
Twitter: twitter.com/AltaHensley
Instagram: instagram.com/altahensley
BookBub: bookbub.com/authors/alta-hensley

www.ingramcontent.com/pod-product-compliance
Lightning Source LLC
Chambersburg PA
CBHW072350020726
47506CB00004B/1081